न कहने की कला

न कहने की कला

अपनी ऊर्जा और समय का सदुपयोग करना सीखें

डेमन जहरिएड्स

प्रकाशक

प्रभात प्रकाशन प्रा. लि.

4/19 आसफ अली रोड, नई दिल्ली–110002

फोन : 011–23289777 • हेल्पलाइन नं. : 7827007777

इ–मेल : prabhatbooks@gmail.com ❖ वेब ठिकाना : www.prabhatbooks.com

संस्करण

2025

अनुवाद

शिप्रा पांडेय

पेपरबैक मूल्य

तीन सौ रुपए

मुद्रक

आर–टेक ऑफसेट प्रिंटर्स, दिल्ली

———————— ★ ————————

NA KAHNE KI KALA

by Damon Zahariades

(Hindi translation of THE ART OF SAYING NO)

Published by **PRABHAT PRAKASHAN PVT. LTD.**

4/19 Asaf Ali Road, New Delhi-110002

ISBN 978-93-5521-876-6

₹ 300.00 (PB)

‘नहीं’ कहने के लिए कुछ प्रसिद्ध उद्धरण

“अपने भीतर से निकला हुआ ‘नहीं’ उस ‘हाँ’ से बेहतर है, जो किसी को लुभाने या चीजों को खराब करने या मुसीबत को दूर करने के लिए होता है।”

—महात्मा गांधी

“अगर आप अपने जीवन को महत्त्व नहीं देंगे तो कोई और दे देगा।”

—ग्रेग मैककिओन

“सफल एवं बहुत सफल लोगों में सबसे बड़ा फर्क यह है कि बहुत सफल लोग लगभग हर चीज को ‘नहीं’ कहते हैं।”

—वॉरेन बफे

अनुक्रम

भाग-1

लोगों को खुश करने की आदत

अपने किसी दोस्त या रिश्तेदार के बारे में सोचें, जिसके बारे में आप समझते हैं कि वह लोगों को खुश करने में ही लगा रहता है। वह व्यक्ति आपकी जान-पहचान में सारे अच्छे लोगों में एक होगा। वह हमेशा किसी की भी सहायता करने के लिए तैयार होगा। जब भी कोई जरूरत होगी, तब आप मदद के लिए उसे याद कर सकते हैं। वह व्यक्ति बहुत खुशी के साथ अपनी निजी जरूरतों का ध्यान रखे बिना आपकी जरूरतों को पूरा करने के लिए तैयार होगा।

क्या आपको निजी रूप से उसका यह व्यवहार बुरा सा प्रतीत नहीं होता ? क्या आप स्वयं इसके पहलुओं पर ध्यान देते हैं ? जैसे—जब कोई आपसे मदद माँगने जाता है तो क्या आप अपना कोई काम-धाम किनारे छोड़कर तुरंत मदद के लिए 'हाँ' कह देते हैं ?

अब उससे भी ज्यादा बड़ा मुद्दा यह है कि आप लगातार खुद को नाखुश, तनावपूर्ण एवं थका हुआ महसूस करते हैं और दूसरों की प्राथमिकताओं को अपने सिर पर रखते हैं ?

अगर ऐसा है तो यह पुस्तक आपके लिए ही है।

लोगों को 'न' कहना एक ऐसी महत्त्वपूर्ण कला है, जो आप अपने आप विकसित कर सकते हैं। यह आपको अपने हितों को आगे बढ़ाने के लिए, चाहे आपका व्यक्तिगत एवं पेशेवर तरीका जो भी हो, उससे

मुक्त करता है। एक हद तक यह आपकी उत्पादकता एवं आपके रिश्तों को भी सुधारता है। इसके साथ ही यह आप में आत्मविश्वास तथा शांति देता है, जिससे आप उस समय अपने आप को ठीक रख सकें। 'नहीं कहने की कला' आपको स्वतंत्रता देती है। पर यह कला विकसित करना बहुत ही मुश्किल भरा है। हम में से अधिकांश लोगों के लिए वर्षों के अभ्यास के विपरीत, इसे पूर्ववत् करने की आवश्यकता होती है। हम में से कुछ के लिए 'नहीं' बोलना सीखना हमारे अभिभावकों, शिक्षकों, बॉस, सहयोगियों और परिवार के सदस्यों के साथ प्रतिवाद करने जैसा है। पर इसका अभ्यास करने लायक है। एक बार जब आपमें पूरे विश्वास एवं सहजता के साथ 'न' बोलने की कला आ जाती है और फिर आप पूरी नियमितता के साथ यह करते हैं, फिर आप यह नोटिस करने लगेंगे कि कैसे अन्य लोग आपको समझने लगते हैं। उन सबके बीच आपके लिए बहुत इज्जत आ जाती है। आपके समय के लिए उनके मन में बहुत इज्जत आ जाती है, फिर वे आपको एक फॉलोवर के बदले एक नेता के रूप में देखने लगते हैं।

फिर यही तो असली बात है। आप और जानना चाहते हैं? क्या आप हमेशा लोगों को खुश करने की अपनी चाहत को खत्म करना चाहते हैं? अब मैं अपने निजी अनुभव से आपको नाकारा लोगों को खुश करने के अनुभव बताऊँगा।

□

पहले मैं लोगों को खुश करने में ही लगा रहता था

मैं लोगों को खुश करने से बाहर निकल रहा हूँ। अगर आपने मुझे हाई स्कूल या कॉलेज के दिनों में देखा होता तो आपको किसी भी प्रकार की कोई मदद की जरूरत नहीं होती। मैं हमेशा ही मदद के लिए तैयार रहता था। सिर्फ आपको मुझसे पूछना ही था। मैं अपनी सारी जरूरतों को किनारे रख आपकी सारी जरूरतों को पूरा करता।

'हाँ' कहने की मेरी यह आदत मेरी परिस्थितियों और कई कारणों के कारण बनी। हम उसे 'भाग-2 : नहीं कहने के कारणों से संघर्ष' में कवर करेंगे। अभी के लिए इतना ही कहना काफी है कि मैं सर्वोत्कृष्ट तरह से लोगों को खुश कर सकता हूँ।

पर मेरी हालत बहुत खराब थी।

हर बार जब भी मैं किसी को 'हाँ' बोलता था, तो ऐसा लगता था कि मैं कुछ सही कर रहा हूँ। मैं दूसरे व्यक्ति को खुश कर रहा था। अत: ऐसा निर्णय कैसे पछतावा करने योग्य हो सकता है?

दूसरों को हमेशा 'हाँ' कहनेवाली आवाज असल में खुद को 'न' कह रही थी। अपने खुद के लिए खर्च करनेवाला समय अब मेरे लिए

मौजूद ही नहीं था। जो पैसा दिया गया था, वह अब मेरी जरूरतों व इच्छाओं को पूरा करने के लिए मौजूद नहीं होगा।

यह बात पक्की है कि मैंने दूसरों को अपना समय व पैसा इस्तेमाल करने दिया, और इसके साथ ही मैंने उनके शौकों के लिए अपनी मेहनत लगाई, जबकि अपने शौक मैंने किनारे रख दिए।

जैसे—कॉलेज जाते हुए मैंने एक ट्रक पिक कर लिया। अपने दोस्त की मदद के लिए मैं उसका एक प्रमुख सहायक हो गया। जैसा कि आप सोच सकते हैं, मुझे यह हमेशा करने के लिए कहा जाता था। बहुत बुरी तरह से लोगों को खुश करने के चक्कर में मैं 'हाँ' कहने में बहुत जल्दी करता था। कहीं-न-कहीं मेरे दिमाग में पीछे से 'न' चलती रहती थी, क्योंकि मैं अपने शौक एवं अपनी प्राथमिकताएँ रोक देता था। सबसे बुरी बात यह थी कि यह आवाज हमेशा ही आती रहती थी। इस कारण मैं धीरे-धीरे खुद से और उन लोगों से क्रोधित होने लग गया, जो नियमित रूप से मुझसे मदद कराते रहते थे।

अब चीजें नीचे की ओर आ गई थीं। हर बार जब भी मुझे किसी के लिए कुछ करने को कहा जाता तो मैं खुद के बारे में सोचे बिना हमेशा 'हाँ' बोलता, इसलिए दूसरों की मदद के लिए मैं इतना लगा रहता था। पर हर रजामंदी के बाद मेरे भीतर एक असंतुष्टि बढ़ती जाती, जिससे मेरे भीतर कटुता व निराशा आ जाती। समय के साथ मैंने दूसरों की मदद के चक्कर में अपने शौक का त्याग करना शुरू कर दिया; जबकि मैं जानता था कि इससे मेरे भीतर असंतोष बढ़ता जा रहा है।

खुद को आरोपित करने के अलावा मेरे पास कुछ नहीं था।

एक पॉइंट में, मैंने यह निश्चित कर लिया कि मैंने बहुत कर लिया है। मैंने फिर दोस्तों की मदद करने की सारी प्रार्थनाओं को दरकिनार करना शुरू कर दिया; यहाँ तक कि मैंने हर प्रकार के अनुरोध को अस्वीकार करना शुरू कर दिया।

फिर जब मैंने खुद से सोचना शुरू किया तो मुझे इस दृष्टिकोण को

समझने में अफसोस हुआ। खुद से बढ़ती नाराजगी और घृणा के कारण वह मेरा त्वरित रिएक्शन था और बहुत ही गंभीर था। अब यह मेरे बहुत वर्षों के प्रयासों और प्रयोगों का फल है कि बहुत ज्यादा गहराई से सोचने के बाद मैंने 'नहीं' बोलने की आदत डाल ली है।

लोगों को हमेशा खुश करने के दौर से खुद को दूर करने और अपनी जरूरतों व इच्छाओं की प्राथमिकता तय करने में 'नहीं' कहने की कला आपका सफर अच्छे से तय करेगी। इसके साथ ही मैं आपको सिखाऊँगा कि बिना किसी खेद के, काफी समय पहले, बिना किसी हार्डलाइन दृष्टिकोण के इसका प्रयोग कैसे करना है।

□

अपनी जरूरतों को प्राथमिकता देने का महत्त्व

एक महत्त्वपूर्ण चीज, जो मैंने इस बीच सीखी है, वह है—अपनी जिन जरूरतों की प्राथमिकता आप तय कर सकते हैं, वह कोई और नहीं कर सकता। यह बात समझने योग्य है। अधिकांश लोग अपने शौक के लिए काम करते हैं। वे दूसरों की प्राथमिकताओं के ऊपर अपनी प्राथमिकता रखते हैं। इसका अर्थ यह है कि हम में से हर कोई यह सुनिश्चित करता है कि हमारी निजी जरूरतें पूरी होती रहें।

कोई भी हमारे लिए यह नहीं करनेवाला है।

हालाँकि यह जरूर है कि दूसरों की जरूरतें पूरी करने से पहले हम अपनी जरूरतें पूरी करें। हो सकता है कि इस कथन से आपको अच्छा न लगे, खासकर जब आप किसी चीज से लड़ना चाहते हैं और सबकुछ अपना देना चाहते हैं। अपनी जरूरतों को पूरी तरह उपेक्षित करके जब आप दूसरों को देते रहते हैं तो आपके भीतर की कटुता और आक्रोश निराशा की ओर ले जाती है। अगर आप खुद को परेशान करते हैं तो यह स्वास्थ्य संबंधी मुद्दा भी बन जाता है। (मैं अपने अनुभव से कह रहा हूँ।)

जब मैं दूसरों के बदले अपनी जरूरतों को प्राथमिकता देने की

सलाह दे रहा हूँ तो मैं आपसे यह नहीं कह रहा कि मैं उस दूसरी जरूरत को दरकिनार करने की सलाह नहीं दे रहा हूँ। एकदम नहीं! आप अपने दोस्तों, परिवार के सदस्यों, सहयोगियों और यहाँ तक कि अनजान व्यक्तियों को जरूरत के समय मदद भी कर सकते हैं। सबसे महत्त्वपूर्ण बात यह है कि इस पूरी प्रक्रिया में आप अपनी प्राथमिकताएँ छोड़ देते हैं। क्यों आप लंबे समय तक दूसरों के लिए इस्तेमाल की वस्तु बनेंगे, जब तक आप स्वयं को महत्ता नहीं देते?

उदाहरण के तौर पर, अगर आप बहुत जल्दी लोगों को मदद करने के लिए तैयार हो जाते हैं, यहाँ तक कि आप अपना खाना भी छोड़ देते हैं, नींद त्याग देते हैं और वे सारी क्रियाएँ छोड़ देते हैं, जिन्हें करके आपको आनंद आता था, तो आप धीरे-धीरे इतना थक जाते हैं, परेशान हो जाते हैं और नाखुश रहने लगते हैं कि आपको दूसरों की मदद करने का मन ही नहीं करता।

इसलिए यही कारण है कि मैं आपको बताना चाहता हूँ कि पहले अपनी जरूरतों का ध्यान रखें। ऐसा करके आपको यह स्वतंत्रता मिलेगी कि जब आप अपने लिए समय, ऊर्जा और झुकाव महसूस करेंगे, तभी आप दूसरों की जरूरतों को भी पूरा कर पाएँगे; तभी आप हर एक समस्या का एक-एक कर हल निकाल पाएँगे और इससे आप अपने खुद के स्वास्थ्य एवं खुशियों को भी अनदेखा नहीं करेंगे।

याद कीजिए कि कैसे फ्लाइट अटेंडेंट्स यात्रियों को एयरलाइन सेफ्टी के बारे में पहले समझाते हैं। उस पूरे घटनाक्रम में आपको यह बताया जाता है कि केबिन से दबाव हटाया जाता है, दूसरों को मास्क पहनाने की मदद करने से पहले आपको अपना ऑक्सीजन मास्क पहनना चाहिए। सबसे पहले खुद की मदद करनी चाहिए, फिर दूसरों की मदद करनी चाहिए। इन निर्देशों को आत्मरक्षा के लिए प्रमोट नहीं किया जाता। एयरलाइन इस बात को अच्छी तरह से जानती है कि अगर आप अन्य लोगों की मदद कर रहे हैं तो आपको हाइपोक्सिया

होने का खतरा हो सकता है। इस कारण आप दूसरों की मदद नहीं कर पाएँगे।

जब आप दूसरों की जरूरतों के आगे अपनी जरूरतें रखेंगे तो कुछ लोग स्वयं की खातिर आपकी मदद लेना पसंद करेंगे। वे आपसे 'न' सुनना पसंद नहीं करेंगे।

ऐसे मामलों में, आपको मुखर होना ही पड़ेगा।···

□

मुखर होने का मनोविज्ञान

अधिकांश लोग यह सोचते हैं कि आप स्पष्ट बोलनेवाले हैं; पर यह सही नहीं है। मुखर होने की एक कला होती है। इस पुस्तक के संदर्भ में यह एक कला है।

मुखर होने का अर्थ अपनी जरूरतों एवं चाहतों को पूरे आत्मविश्वास के साथ प्रस्तुत करना और पूरे विरोध के बावजूद अपनी जरूरतों को पूरा करना है। इसमें आप लोगों को बताते हैं कि किसी एक विषय पर आप कहाँ खड़े रहते हैं और उसमें विभ्रम के लिए कोई जगह नहीं होती।

मुखर होने से आपका विचार प्रस्तुत करना और इस बात को पूरी तरह से प्रस्तुत करना है कि आपको अन्य किसी की बात की मान्यता या उसके अनुमोदन की कोई जरूरत ही नहीं है।

उदाहरण के तौर पर, अगर आप अपने किसी दोस्त से राजनीति के बारे में चर्चा कर रहे हैं, तो मुखर होने का अर्थ अपनी स्थिति स्पष्ट करना है, चाहे आपके मित्र की स्थिति इसके विपरीत हो।

दूसरा उदाहरण—मान लीजिए कि आप अपने स्थानीय थिएटर में कोई ब्लॉकबस्टर फिल्म देख रहे हैं और आपके बगल में बैठा व्यक्ति जोर-जोर से फोन पर बात कर रहा है, तो हम आगे बढ़कर यह बोलेंगे कि वह अपनी आवाज धीमी कर ले और अपना फोन बंद कर रख दे।

या आपका कोई दोस्त आपको शुक्रवार को कहता है कि उसे हवाई अड्डे पर छोड़ दे। पर अगर आपकी पहले से ही कोई प्रतिबद्धताएँ हैं तो आप सामने से कह सकते हैं कि आप नहीं जाएँगे। ऐसा कहने से हो सकता है कि उसे बहुत बुरा भी लग जाए।

अपने मूल रूप में मुखर होना एक तरह से संप्रेषण का एक माध्यम है, इससे ज्यादा कुछ और नहीं। यह एक अच्छी बात है, क्योंकि मुखर होना कोई एक ऐसी कला नहीं है, जिसके साथ आप पैदा हुए हैं। आप पूरे प्रशिक्षण एवं अभ्यास के साथ इसे विकसित कर सकते हैं।

'नहीं कहने की कला' में हम आगे बढ़ने के बारे में बात करेंगे, जिसमें बताया गया है कि कैसे किसी और के अनुरोध को 'नहीं' कहा जा सकता है। इस पुस्तक का यही उद्देश्य है। पर इसके साथ ही आप यह पाएँगे कि यह अकेली व महत्त्वपूर्ण कला ('नहीं' कहने की कला) जीवन के हर क्षेत्र में आपको मुखर होने के लिए लॉन्चिंग पैड की तरह इस्तेमाल की जा सकती है।

आप जैसे-जैसे और मुखर होना सीखेंगे, आपका दिमाग अपने आप बदलता जाएगा। आप दूसरों के साथ अपने विचार बाँटना चाहेंगे। आप अपनी जरूरतों की चीजों को माँगने पर जोर देंगे। अपनी बातों को प्रस्तुत करने के लिए आप कम दुविधा में पड़ेंगे तथा आप उन लोगों के लिए और बोलना पसंद करेंगे, जो स्वयं के लिए बोल नहीं पाते या स्वयं बोलने में अक्षम होते हैं।

यह बात तो अवश्य है। आप सरल लोगों को अपनी आवाज देते हैं तो आप और अच्छे हो जाते हैं तथा 'नहीं' जैसा खूबसूरत शब्द आपकी जिंदगी पूरी तरह से बदल देता है।

□

सहायता बनाम आक्रामकता

सबसे पहले, यह समझना जरूरी है कि हम सहायक और आक्रामक बनने के बीच के अंतर को समझें। हम उसके अधिकांशत: समान होने के रूप में भ्रमित हो जाते हैं। पर ये दोनों पूरी तरह से अलग व्यवहार होते हैं।

किसी की अच्छे से सहायता करना बहुत अच्छी बात है। हमने जैसा पूर्व के भाग में समझा कि सहायक होने का अर्थ चुपचाप अपनी स्थिति से संवाद करने से ज्यादा और कुछ नहीं है।

आक्रामक होना युद्धरत होने जैसा है। एक आक्रामक व्यक्ति इस तरह से संवाद प्रेषित करता है कि वह किसी के प्रति अशिष्ट है, वह बात नहीं मानता और यहाँ तक कि खतरनाक भी हो सकता है।

यहाँ अलग-अलग परिस्थितियों के अलग-अलग व्यवहारों में कुछ उदाहरण दिए गए हैं।

एक-दूसरे से सहमत न होना

सहायक होना : किसी अन्य व्यक्ति को सुनना और फिर जब वह व्यक्ति अपना बोलना समाप्त कर ले तो फिर अपनी असहमति प्रकट करना।

आक्रामक होना : किसी अन्य व्यक्ति को बीच में टोकना और उसकी बात बीच में काटकर फिर बोलना।

एक ग्रुप सेटिंग में अपने विचारों को प्रस्तुत करना

सहायक होना : किसी ग्रुप की बातों में शिरकत करना, अन्य लोगों को भी उनके विचार बाँटने देना और फिर सभ्य तरीके से अपने विचार प्रस्तुत करने देना।

आक्रामक होना : किसी भी दल के विचारों पर प्रभावी रहना। अन्य लोगों के ऊपर बोलना और फिर उनकी भावनाओं का खयाल रखे बिना उन्हें नीचा दिखाने की कोशिश करना।

किसी पिक्चर हॉल में चुप्पी देखना

सहायक होना : आप फिल्म का आनंद ले सको, इसके लिए गलती करनेवाले को उसकी आवाज नीची करने के लिए कहना।

आक्रामक होना : गलती करनेवाले को उसकी आवाज नीची करने के लिए कहना और उसके सहायक नहीं होने पर उसे लड़ने के लिए धमकाना।

स्टारबक्स में किसी ड्रिंक के अच्छी तरह से तैयार नहीं किए जाने पर फिर से एक ड्रिंक की माँग करना

सहायक होना : बरिस्ता में अपनी समस्या को विस्तार से बताना (जैसे—आइस्ड मोचा में बहुत सारी चॉकलेट सिरप डालना) और आँखें मिलाकर उस ड्रिंक को उसे फिर से ठीक से बनाने के लिए कहना।

आक्रामक होना : बरिस्ता को उसकी गलती के लिए गाली देना और उसे घूरते हुए फिर से उस ड्रिंक को ठीक करके उसे बनाने के लिए कहना।

जब कोई मदद माँगे तो उसे मना कर देना

सहायक होना : किसी चीज को सीधे से मना कर देना। मदद माँगनेवाले को किसी अन्य व्यक्ति के बारे में बता देना।

आक्रामक होना : मदद माँगनेवाले को जोर से नहीं बोलना

और उसकी मदद के लिए उसे डिसमिस कर देना या उसे कम महत्त्व देना।

आपको एक आइडिया मिल जाना

आक्रामकता एक प्रकार का आवेग है। एक आक्रामक व्यक्ति शत्रुतापूर्ण तरीके या बहुत ही खराब तरीके से व्यवहार करता है और बाद में ऐसा करने में पछताता भी है।

उसी के बदले सहायता करनेवाला व्यक्ति बहुत सोच-समझकर, विचार कर और भलीभाँति तैयारी करता है। एक समझदार व्यक्ति बहुत स्पष्टता के साथ दूसरे व्यक्ति की इच्छाओं का सम्मान करते हुए अपनी स्थिति के बारे में बताता है।

आक्रामक व्यक्ति बहुत तेज बोलता है। उसके विचार पहले से तय होते हैं और वह अपने में ही एब्जॉर्ब होता है। एक समझदार व्यक्ति बहुत ही शिष्टता के साथ अपने विचारों को रखना जानता है।

□

पूरी शालीनता से 'नहीं' कहना

'नहीं कहने की कला' सिर्फ यह नहीं है कि समय के साथ आपके अनुरोधों को रद्द करते जाएँ। यह तो कोई भी कर सकता है। यहाँ तो उद्देश्य यह है कि किसी तरह से दोषी हुए बिना 'नहीं कहने की कला' सीखते जाना है।

इसका अर्थ थोड़ी शालीनता का इस्तेमाल करना भी है।

आप ही बताएँ कि आपको यह परिदृश्य ठीक सा लगता है?

आप उन्मादी हैं। आपके पास बहुत सारा काम है और इतने कम समय में आप सबकुछ नहीं कर सकते हैं। इससे चीजें और खराब हो जाएँगी, आपका फोन बजता रहेगा और आप अपने रास्ते से दूर होते जाएँगे। इस सारी समस्या में एक चीज जो शामिल होगी, वह है कि लोग आपको ऑफिस पहुँचने से पहले रोकते रहेंगे।

संक्षेप में, बात यह है कि आप इससे पूरी तरह से परेशान व व्याकुल होंगे।

उस मौके पर एक अन्य कर्मचारी आपके कार्यालय में आता है। वह चाहता है कि आप उसके लिए कुछ करें, क्योंकि वह आपकी परेशानी और मानसिक स्थिति से अनजान है।

वह इससे चकित हो जाता है।

आप पूरे दिन लोगों को 'हाँ' कहते रहते हैं और आप इससे अब परेशान हो गए हैं। इससे ज्यादा आप अपने आप से परेशान हो जाते हैं, क्योंकि आप लगातार अपने सहयोगियों की जरूरतों को पूरा करते रहते हैं, जिससे कि आपकी अपनी इच्छाएँ पूरी नहीं हो पातीं।

आपका सहयोगी आपके कार्यालय में पहुँचता है और आपसे पूछता है, "क्या आप मेरी मदद कर सकते हैं?"

आप उसे घूरकर देखते हैं, अपनी भौंहों को तानते हैं और दाँतों को पीसते हैं तथा फिर नाक से आवाज निकालकर कहते हैं, "मेरे पास आपके लिए समय नहीं है! क्या तुम्हें दिखाई नहीं देता कि मैं व्यस्त हूँ?"

आपके सहयोगी की आँखें फटी-की-फटी रह जाएँगी। वह निःशब्द होकर आपके कार्यालय से निकल जाएगा। वह जाने से पहले और मुँह बनाने एवं बड़बड़ाने से पहले जरूर कहेगा, "अरे, मुझे माफ करना।"

तुम उसे जाते हुए देखोगे और फिर तुरंत उसके लिए खुद को दोषी मानोगे।

इस परिस्थिति में तुम 'नहीं' कहने में सक्षम रहे। तुमने अपने सहकर्मी की सहायता करने से सफलतापूर्वक तुरंत मना कर दिया। पर जिस तरह से तुमने उसे मना किया, उससे उसकी भावनाओं को आघात पहुँचा होगा, उससे नाराजगी हुई होगी और फिर बाद में इससे निकलनेवाले गलत विचार तुम्हें परेशान करते रहेंगे।

मुझे यह कहते हुए बहुत शर्मिंदगी हो रही है कि यह स्थिति मेरी अपनी जिंदगी में भी आई। जब मैं लोगों को खुश करता रहता था, तब बहुत बार मैं बहुत जल्दी भाव-विह्वल हो जाता था और अपना आपा खो बैठता था। मैं गुस्से में आ जाता था और उस बुरे समय में जो भी मेरे सामने आ जाता था, वह ही मेरे गुस्से का शिकार हो जाता था।

फिर मैं हमेशा उसके लिए पछताता रहता था।

'नहीं कहने की कला' आपको एक बेहतर रास्ता दिखाएगी। जिस समय तक आप इस पुस्तक को पूरा कर लेंगे, फिर आपको वे सारी कलाएँ व तरीके पता होंगे, जिनसे आप 'नहीं' कह सकते हैं और उसके लिए किसी भी प्रकार के पश्चात्ताप की जरूरत नहीं होगी।

□

‘नहीं कहने की कला’ में आप क्या सीखेंगे

‘नहीं कहने की कला’ चार चरणों में आयोजित होती है। मेरे विचार से, हर भाग बहुत जरूरी है। जीवन का हर भाग सीखने का एक नया व महत्त्वपूर्ण हिस्सा होता है, जैसे कि अपनी सीमाएँ कैसे बाँधनी चाहिए और पूरे आत्मविश्वास एवं तरीके से बोलना चाहिए।

इसके आगे हर भाग पहले वाले भाग से बनता है। हर भाग में इसके तत्त्व बढ़ते जाते हैं और इससे इसकी आधारशिला में उनमें ताकत आती है, जो इसे फॉलो करते हैं।

जब आप ‘नहीं कहने की कला’ नामक पुस्तक पढ़ना पूरी कर लेंगे, तब आप दो महत्त्वपूर्ण चीजों को सीख जाएँगे। पहला, आपको यह पता है कि किसी भी अन्य व्यक्ति की अपील को मना करना कितना मुश्किल होगा; दूसरा, आप यह जानेंगे कि स्वयं को दोषी माने बिना आप इसे कैसे कर सकते हैं और इससे दूसरों के मन में आपके प्रति सम्मान और बढ़ जाएगा।

यहाँ पर आपके लिए जल्दी में दिया गया एक वर्णन है, जिससे पता चलेगा कि ‘नहीं कहने की कला’ कैसे विकसित की जा सकती है—

भाग–1

हम पहले भाग के अंत की ओर हैं। हमने अपने विचारों की पृष्ठभूमि एवं तैयारियाँ पूरी कर ली हैं और वह इस प्रकार है—

मैंने अपना इतिहास बता दिया है कि मैं दो कारणों से लोगों को खुश करनेवाला था। पहला, मैं अपनी निराशा के बारे में बताना चाहता था कि कैसे अपने आप को प्राथमिकता देने के बदले मैंने दूसरों की जरूरतों का पूरा खयाल रखा। मुझे पूरा विश्वास है कि कैसे आप उस निराशा को समझ सकते हैं। दूसरा, मैं यह बताना चाहता था कि आज आपको 'नहीं' बोलने में चाहे जितनी दिक्कत आएगी, पर आगे आप इसे पूरे आत्मविश्वास के साथ कह सकेंगे। अगर मैं यह कर सकता हूँ तो आप भी कर सकते हैं।

भाग–1 में सहायता के विचार के बारे में बताया गया है और उसे आक्रामकता से कैसे अलग किया जा सकता है। इसे पूरे आदर एवं अनुग्रह के साथ 'नहीं' कहने के महत्त्व के लिए हाइलाइट किया गया।

भाग–2

अगर हम अपने बारे में कुछ बदलना चाहते हैं तो हमें पहले यह समझना चाहिए कि क्यों हमें सबसे पहले अपने आक्रामक व्यवहार में सुधार करना चाहिए? उस स्थिति तक भाग–2 उन कारणों को बताएगा कि हम 'हाँ' क्यों कहते हैं; जबकि हमें 'नहीं' बोलना चाहिए।

आपको कुछ कारण तो स्पष्ट रूप से समझ आ जाएँगे, क्योंकि ये आपकी निजी मंशा दिखाते हैं। अन्य के लिए यह अजीब हो सकता है। आगे ज्यादा देखने पर आप यह पाएँगे कि आपके संघर्ष में आप लोगों को 'नहीं' कहकर किस प्रकार अपनी एक महत्त्वपूर्ण भूमिका निभा सकते हैं।

भाग-2 में हमारा उद्देश्य हमारी मंशा पर प्रकाश देने का है, चाहे वह जाग्रत् रूप में हो या अन्य तरह से—और इस प्रकार, सकारात्मक तरीके से एक आसान रास्ता ही हमारा ध्येय है।

भाग-3

भाग-3 में हम विशिष्ट रणनीतियों पर एक नजर डालेंगे, जिसमें खुद को दोषी महसूस किए बिना हम दूसरों के अनुरोधों को मना करने के लिए उसका उपयोग कर सकते हैं। आप यह पाएँगे कि हम में से अधिकांशतः सहज ज्ञान-युक्त हैं। हमेशा यह ध्यान में रखें कि अधिकांशतः सबसे आसान उपाय भी बहुत प्रभावी होते हैं। ये कुछ ऐसे होते हैं, जिन्हें हम नजरअंदाज भी कर देते हैं।

भाग-3 में जो रणनीतियाँ दी गई हैं, उनकी व्याख्या इस तरह से दी गई है कि ये विश्वास एवं आदर को प्रभावित करते हैं और शत्रुतापूर्ण प्रतिक्रिया की क्षमता को कम करते हैं। मेरे विचार से, यह अनुरोधकर्ता के अनुरोध को अस्वीकार कर लंबी दौड़ के लिए उनकी प्रशंसा कर उनको प्रोत्साहित करते हैं।

भाग-4 : बोनस मैटिरियल

नई रणनीतियों के साथ सीखने की चुनौती ऐसी होती है कि उसे विभिन्न परिस्थितियों में किस प्रकार प्रयुक्त किया जाए और ये आपके लिए किस प्रकार अद्वितीय हैं। आप यह जानेंगे कि यही मामला है, जिसमें हम 'नहीं कहने की कला' सीखेंगे।

भाग-4 यह दिखाएगा कि भाग-3 में बताई गई रणनीतियों को कैसे लागू किया जाए। आप सीखेंगे कि किसी एक खास दिन, जब लोग इस तरह की समस्या से रूबरू होते हैं, तब इस परिस्थिति से कैसे निबटा जाए! यह स्थिति आपके दोस्तों व रिश्तेदारों से लेकर आपके बॉस और सहयोगियों के साथ हो सकती है।

जैसा कि आप देख सकते हैं कि आपको बहुत कुछ कवर करना है। पर घबराइए नहीं। 'नहीं कहने की कला' पुस्तक का एक-एक भाग बहुत सोच-समझकर लिखा गया है। कम-से-कम समय में इस पुस्तक में अधिक-से-अधिक बातें लिख दी गई हैं।

हमारे अगले भाग में मैं आपको दिखाऊँगा कि 'नहीं कहने की कला' में कैसे अधिकांश चीजें बनाई जा सकती हैं।

□

इस पुस्तक से कैसे सर्वाधिक चीजें प्राप्त करें

'नहीं कहने की कला' एक निर्देश पुस्तिका है। यह सुनने में बहुत अजीब लगता होगा, पर इसके अपने फायदे हैं। इसका अर्थ यह है कि इस पुस्तक की चीजें इस प्रकार से प्रस्तुत की गई हैं कि इसमें आरंभ से लेकर अंत तक सारी बातें कह दी गई हैं। इसमें कहने को कुछ भी नहीं रह गया है। 'नहीं' कहना सीखने की इस प्रक्रिया में आप जहाँ भी हों, इस पुस्तक में सबकुछ कवर किया हुआ है।

इससे ज्यादा, इस पुस्तक में कुछ विशिष्ट सामग्रियाँ बहुत आसानी से मिल जाएँगी। अगर आपको किसी खास रणनीति या विषय के संबंध में अपनी याददाश्त ताजा करनी है तो आपको यह करना होगा कि आप विषय-सारणी की ओर देख लें। सारी सामग्री पूरी तरह से तार्किक एवं सहजता से बनाई गई है।

आप इस पुस्तक की ओर देखने के लिए लालायित हो जाएँगे। यह बहुत छोटी पुस्तक है और कुछ ही घंटों में पढ़ी जा सकती है। पर अगर हम इस पुस्तक से अधिकाधिक चीजें पाना चाहते हैं तो मैं आपको सलाह दूँगा और इसे अलग तरीके से पढ़ने को कहूँगा। हर भाग को पढ़ें और जब उसे पढ़ लें तो फिर रुक जाएँ। अपने जीवन

में उस सामग्री के विषय को लाने की कोशिश करें।

उदाहरण के तौर पर, भाग-2 में 'हम 'नहीं' कहने से क्यों संघर्ष करते हैं', हम दबे आत्मसम्मान की बात करते हैं और जिस कारण हम लोगों को खुश करने के लिए झुके रहते हैं। उस भाग को पढ़ने के बाद एक क्षण के लिए सोचें कि क्या दबा हुआ आत्मसम्मान एक व्यक्तिगत संकट है या नहीं? जब आप दूसरों के साथ बातचीत करते हैं तो यह आपको कैसे प्रभावित करता है? इस बात को अवश्य सोचें कि आपकी जरूरतों को पूरा करने के लिए यह एक बाधा है।

इस तरीके से उस वस्तु पर प्रतिबिंबित करने से आपको यह पता चलता है कि आप वे मानसिक नोट्स लें, जो आपके व्यक्तिगत नोट्स के लिए अद्बितीय हैं। आपको यह पता चलेगा कि उस वस्तु का बहुत ज्यादा प्रभाव होगा।

जब हम 'भाग-3 : 'नहीं' कहने के 10 तरीके' (बिना किसी तरह से बुरा अनुभव करके), इस सलाह को लागू करने के अवसरों को देखें। हर तरीके को देखें और उसके प्रभाव को लिख लें। अनुरोधकर्ता किस प्रकार की प्रतिक्रिया करता है? उसका उपयोग कैसे उसकी धारणा के प्रभाव को प्रभावित करता है? इसके साथ ही इस बात पर भी ध्यान दें कि यह रणनीति किस सीमा तक अपने समय पर नियंत्रण पाने में आपकी मदद कर सकती है?

एक सक्रिय पाठक बनें। अगले कुछ पन्नों में आप जो भी पाएँगे, उस सामग्री का पूरा उपयोग करें।

सकारात्मकता आज से ही बदलनी शुरू हो जाएगी

इससे पहले कि आप 'भाग-2 : हम 'नहीं' कहने से क्यों संघर्ष करते हैं' में जाएँ, मैं चाहता हूँ कि आप मेरे लिए कुछ करें। यह एक सामान्य चीज है; पर अगर आप इस पुस्तक से अधिकतम चीजें पाना चाहते हैं तो बहुत विकट है। यह इस प्रकार है—

मैं चाहता हूँ कि आप एक संकल्प कर लें। आप यह शपथ लें कि इस पुस्तक में दी गई सलाह को आप अपने जीवन में उतारेंगे।

आपको 'नहीं कहने की कला' को पढ़कर बहुत आनंद आएगा और बिना कोई काररवाई किए इससे दूर रहें। ऐसा नहीं करें। पढ़ना और याद करना इस फॉर्मूले का भाग-1 है। इसका भाग-2 है—वाद-विवाद करना, जो इसका सबसे महत्त्वपूर्ण भाग है—और जो आप याद करते हैं, उसे लागू करें। तभी आदतें बदलती हैं और जिंदगी बहुत ज्यादा उपहार देनेवाली होती है।

अगर आप इसे करने के लिए तैयार हैं तो शुरू करते हैं!

□

भाग–2

हम 'नहीं' कहने से क्यों संघर्ष करते हैं?

अंग्रेजी साहित्य में 'नहीं' सबसे छोटा शब्द है। पर हम में से अधिकांश लोग यह सोचते हैं कि जिस चीज को कहने से हम डरते हैं, वह यह शक्ति रखता है। हम उसे कहने से डरते हैं। उन उदाहरणों में जब हम 'नहीं' कहने में सक्षम होते हैं तो हम जान–बूझकर अपनी इच्छाओं को नीचे कर देते हैं, बहाने बनाने लगते हैं और अनुरोधकर्ता के सामने माफी माँगने लगते हैं।

यह छोटा सा शब्द इतना वजन क्यों रखता है? हम इसे कहने में इतना क्यों हिचकते हैं?

इस भाग में यह बताया गया है और इसका विवरण दिया गया है कि वे कौन से सामान्य कारण हैं, जिनके कारण हमें 'नहीं' कहने में दिक्कत होती है। आप अपनी जिंदगी में उनमें से कुछ कारणों को बिना किसी शक के खुद देख पाएँगे। आगे आनेवाले पन्नों में आप खुद देखेंगे। पर इन सबके साथ मेरा खुद का निजी अनुभव रहा है।

हम में से अधिकांश लोगों को इस बात की घुट्टी देकर बड़ा किया जाता है कि 'नहीं' कहना अशिष्टता एवं घमंडीपन है। यह हमारे वैल्यू सिस्टम का एक महत्त्वपूर्ण हिस्सा हो जाता है। हम इसी तरह अपना बचपन गुजारते हैं और बड़े होने पर भी इस प्रकार से रहते हैं कि यह एक प्रकार की छवि दिखाता है, जिसमें हम स्वयं को बहुत सम्माननीय एवं इज्जतवाला मानते हैं।

इसका परिणाम क्या होता है ? हम अपने आसपास के सारे लोगों को 'हाँ' ही बोलते हैं, चाहे इससे हमें भीतर से बहुत कुंठा हो, कड़वापन लगे या हमें बहुत क्रोध आए!

आप ऐसे बहुत सारे बेकार से कारण जानेंगे, जिनसे आप डरते हैं या आपको इनकार करना पड़ता है। उन्हें पहचानें—उनमें से कुछ की तुलना में कम स्पष्ट हैं—'नहीं' बोलकर आपका उस गलत विश्वास से मुक्त होने की दिशा में यह पहला कदम होगा, जिसमें आप मतलबी या स्वार्थी कहलाए जाएँगे।

चलिए, शुरू करते हैं।''

□

हम लोगों का सामना करने से बचते हैं

लोग अधिकतर उन चीजों को लेकर आक्रामक हो जाते हैं, जिनके लिए उन्हें आक्रामक नहीं होना चाहिए। जब वे किसी व्यक्ति से मदद माँगते हैं तो उसके लिए 'नहीं' बोलना एक उदाहरण है।

आप उन उदाहरणों को याद कर सकते हैं, जो सब आपके साथ हुए हैं। कोई आपसे आपका समय माँगता है, कोई आपका ध्यान चाहता है या पैसा चाहता है और आप बहुत आदर के साथ उनके अनुरोध को मना कर देते हैं। उस व्यक्ति की प्रतिक्रिया तुरंत होती है, जो उसके चेहरे से साफ दिख जाती है। उसकी भौंहों की त्योरियाँ चढ़ जाती हैं और बंद होंठों से भावनाओं को चोट पहुँचती है तथा लोगों में रोष होता है।

अधिकतर लोग चीजों को अपमान की तरह लेते हैं। वे यह भी कह सकते हैं कि 'यह बहुत गलत है।' इस बात को समझना चाहिए कि इससे आपको अपराध-बोध का दर्द महसूस होता है। जब आप देखते हैं कि अनुरोधकर्ता वहाँ से चला जाता है, उसकी शारीरिक भाषा से नापसंदगी का भाव दिखता है। आप कुछ कर नहीं सकते, पर आपको यह लगता है कि आपने कुछ गलत कर दिया है।

चलिए, इस परिदृश्य को अलग करते हैं।

सबसे पहले तो जरूरी है कि यह समझें कि किस प्रकार से इस प्रकार का गलत काम हो जाता है। इसका नैतिक क्रोध से कोई लेना-देना

नहीं है; पर हम अपराध के साथ इसका संबंध रखते हैं। न ही यह किसी प्रकार की गलत काम करने की प्रतिक्रिया है या इससे खलनायकी का कोई काम होता है। हालाँकि ऐसे मौके पर जब कोई गलती की जाती है तो यह अनुरोधकर्ता की असुरक्षा से ही पनपती है। वह 'नहीं' शब्द को भीतर से निजी रिजेक्शन के रूप में लेता है। यह तुरंत की गई प्रतिक्रियाओं के साथ डंक मारता है।

इस बात को समझने में मुझे वर्षों लग गए। जब तक मुझे इस बात का अहसास हुआ, तब तक सारी चीजें बदल गई थीं।

मुझे इस बात का अहसास हो चुका था कि जब मैं किसी खास से बहुत सम्मान के साथ मदद माँगता हूँ, तब 'नहीं' कहकर मैंने किसी प्रकार की गलती की है, उस बात के लिए मैं स्वयं को किसी प्रकार से जिम्मेदार नहीं मानता। इससे खुद को उससे स्वतंत्र करने की भावना आती है! इससे मुझे लोगों के अनुरोध को अस्वीकारने की भावना से मुक्ति मिलती है।

आप अपनी जिंदगी में उन लोगों के बारे में सोचें, जो 'नहीं' कहने पर उसे किसी अपराध के रूप में ले लेते हैं। अगली बार आपसे कोई व्यक्ति मदद माँगे और आप उसकी मदद न कर पाएँ तो इस बात पर गौर करें कि आपको कैसा लगता है, जब आप उसके अनुरोध को मना कर देते हैं ? क्या आपको किसी प्रकार का कोई अपराध-बोध लगता है ? क्या आपको ऐसा लगता है कि आपने कुछ गलत कर दिया है ?

उस तरह से महसूस करने का कोई कारण ही नहीं है। जब तक आप विनम्र और स्पष्टवादी हैं, तब तक तो आप अनुरोधकर्ता के किसी अपराध के लिए जिम्मेदार नहीं हैं।

□

हम निराश लोगों से दूर रहना चाहते हैं

अगर आप निराश करनेवाले लोगों को पसंद नहीं करते तो आप मेरे जैसे हैं। अगर आप अपने शब्दों और कार्यों से किसी प्रकार की निराशा देखते हैं तो आपको अच्छा नहीं लगता। कहीं-न-कहीं आपको इस बात की संभावना लगने लगती है कि कहीं आप तो इसके पीछे का कारण नहीं हैं! ऐसा देख आपको यह लगने लगता है कि आपने कहीं किसी को नीचा तो नहीं दिखाया है।

यह किसी बौद्धिक अहसास से कम नहीं है। आपको यह अंदर से महसूस होता है।

यह दोष बिना किसी वारंटी वाला है। जब आप किसी को 'नहीं' बोल देते हैं, तब आप किसी अन्य की निराशा के लिए जिम्मेदार नहीं हैं। इस बात की पूरी तरह से प्रशंसा कर यह समझना बहुत जरूरी है कि निराशा कैसे पैदा होती है!

निराशा से बहुत सारी बिना बात की उम्मीदें आती हैं। आप अपने जीवन के उस समय को याद करने लगते हैं, जब आपके भीतर वह भावना आई थी। यह बात आपको बार-बार यह याद दिलाती है कि आप किसी निर्धारित परिणाम को पूरा करने में विफल रहे।

जैसे—आप रिव्यू पढ़ने के बाद किसी रेस्तराँ में गए और आपको वहाँ का खाना तथा माहौल पसंद नहीं आया। वह आपकी उम्मीदों पर

खरा भी नहीं उतरा और इस तरह आप निराश हो गए।

इसका दूसरा उदाहरण है—जैसे कि आप चाहते हैं कि आपका बच्चा अपने रिपोर्ट कार्ड में 'ए' ग्रेड लेकर आए और जब आप 'बी' या 'सी' ग्रेड देखते हैं तो आपको आश्चर्य होता है। आप यह देखकर निराश हो जाते हैं।

या यह कहें कि आप अपने ऑफिस में प्रमोशन की चाह रखते हैं, पर जब आपका प्रमोशन नहीं होता है तो आपको काफी नीचा महसूस होता है। क्यों ? क्योंकि आपकी उम्मीदें पूरी नहीं हुईं।

अब इसे ऐसे समझिए, जब आप किसी को 'नहीं' कहते हैं। अगर आपका कोई सहयोगी आपसे मदद माँगता है, पर आप अपनी जिम्मेदारियों से खुद दबे हुए होते हैं तो आप उसके अनुरोध को किनारे कर देते हैं।

आपका सहयोगी मदद के लिए आपकी न सुनकर निराश दिखाई देता है। पर उसके निराश होने के पीछे क्या आप दोषी हैं ? या आपका सहयोगी आपसे अवास्तविकता के साथ एप्रोच करता है या अनुचित तरीके से एप्रोच करता है अथवा आपकी क्षमता या किसी प्रकार की मदद की इच्छा को लेकर किसी प्रकार की कोई उम्मीद रखता है ?

दूसरे परिदृश्य में मामला यह है कि अगर आपने पहले से ही अपने किसी सहकर्मी को मदद करने का वादा किया था। वह भी सही है; पर आप उसकी निराशा के लिए उत्तरदायी नहीं ठहराए जा सकते।

जब आप इस बात को जान लेते हैं तो लोगों को 'न' कहकर उन्हें निराश करने का आपके भीतर का डर जाता रहेगा। आप इस बात की प्रशंसा करेंगे कि उनकी निराशा के लिए न तो आप दोषी हैं और न ही यह आपकी जिम्मेदारी है।

इस परिप्रेक्ष्य से आपको यह साहस मिलता है कि आप अपने सामने आनेवाले हर अनुरोध और आमंत्रण को अपने हिसाब से लें।

□

हम स्वार्थी दिखने से बचना चाहते हैं

हम में से अधिकांश लोग इस बात की परवाह करते हैं कि अन्य लोग हमें कैसे देखते हैं! हम अच्छे, देखभाल करनेवाले और सहायता करनेवाले व्यक्ति के रूप में पहचाने जाना चाहते हैं। इसलिए अंत में हम अपने काम के जरिए लोगों के बीच जाने व पहचाने जाते हैं।

जैसे—हम लोगों के लिए दरवाजा खोलकर खड़े रहते हैं। हम राशन की दुकान में मुसकराते, स्वागत करते और बातूनी लोगों की बातें सुनते हैं, जो लाइन में खड़े रहते हैं। फिर जब हमसे किसी प्रकार की सहायता की माँग की जाती है तो हम झट से 'हाँ' कह देते हैं।

कुछ भी काम करना हमारा स्वार्थीपना है क्या? हम यह नहीं चाहते कि लोग हमें स्वार्थी मानें।

यह विचार करने की प्रक्रिया समझने योग्य है, पर यह भी गलत सोच है। इसमें सबसे बुरा यह हो सकता है कि इससे हम बहुत गलत निर्णय ले सकते हैं, जैसे कि प्रतियोगी ब्रांड में हम अपना समय और ध्यान किस प्रकार लगा सकते हैं।

हमें एक दिन में कुछ नियत घंटे ही काम करने के लिए मिलते हैं। इसलिए जब भी हम किसी से 'हाँ' कहते हैं तो इसका अर्थ यह है कि हम किसी से न भी कह रहे हैं या कुछ और कह रहे हैं। फिर जब हर बार

हम 'न' कहते हैं तो हम दूसरे व्यक्ति या उसके अनुसार अपना समय और ध्यान बँटाने से खुद को आजाद कर देते हैं।

इस प्रकार यह 'नहीं' कहने में कोई स्वार्थ है क्या? मुझे तो नहीं लगता। मैं अपनी ही जिंदगी में से आपको एक उदाहरण देता हूँ।

मैंने पहले भी बताया है कि जब भी दोस्तों को मदद करने की बात होती है तो मैं आगे बढ़कर उन्हें मदद करनेवालों में होता। मेरी रुचि और 'हाँ' कहने की आदत के कारण लोगों की जरूरत के समय मैं उनकी पहली पसंद होता। दुर्भाग्यवश जिस समय को मैंने उनकी जरूरतों को पूरा करने में उनके साथ बिताया, वह समय मैं अपने परिवार, अपनी पढ़ाई और उन क्रियाओं को करने में लगा सकता था, जिसे करने में मुझे आनंद आता।

अन्य शब्दों में, दूसरों का ध्यान रख मैं जान-बूझकर स्वयं का ध्यान रखने में कमी कर रहा था। मैं अपने परिवार की अनदेखी कर रहा था। मैं अपनी पढ़ाई को कहीं पीछे छोड़ चुका था। इसके साथ ही, मैं बुरी तरह से परेशान और नाखुश होता जा रहा था; क्योंकि जिन चीजों को करने में मुझे आनंद आता था, मैं उनमें से कोई भी चीज नहीं कर पा रहा था।

यह जीने का एक बहुत बुरा तरीका था।

अपनी देखभाल करना स्वार्थी होना नहीं है। यह बहुत जरूरी है। समस्या यह है कि अगर आप लगातार किसी अन्य व्यक्ति को 'हाँ' कहते जा रहे हैं, उनकी प्राथमिकताओं को अपने से ऊपर रख रहे हैं तो आपके पास अपना ध्यान रखने के लिए न ही कोई समय है और न ही कोई ऊर्जा। इसके साथ ही आप धीरे-धीरे परेशान, निंदा करनेवाले और दयनीय हो जाओगे।

फिर यह जीने का एक बहुत बुरा तरीका है।

अगर आप किसी को 'नहीं' कहते हैं तो क्या आपको कोई स्वार्थी कहेगा? हाँ, कहेगा। आपका उन पर कोई नियंत्रण नहीं है। आपके लिए

उसका कोई मतलब नहीं है। वे जिस तरीके से सोचते हैं, उसके लिए आप जिम्मेदार नहीं हैं।

किसी दूसरे के लिए करने से पहले जो सबसे जरूरी चीज आप अपने लिए कर सकते हैं, वह आप अपना ध्यान रख सकते हैं। बार-बार करने का अर्थ यह है कि आप दूसरों के आमंत्रण और अनुरोध को नहीं कहते हैं; क्योंकि अगर आप अपना समय, ऊर्जा और ध्यान दूसरों पर लगाते हैं तो आपके अपने लिए कुछ भी नहीं बच जाता है।

इस प्रकार इस उपहारस्वरूप जीवन को जीने का यह कोई तरीका नहीं है।

□

हम दूसरों की मदद करना चाहते हैं

आप याद करें कि आपने अंतिम बार किसकी मदद की है! मैं बता सकता हूँ कि इससे आपको अच्छा लगेगा। आपकी क्रिया या सलाह उस व्यक्ति का दिन बना देगा। यह एक जबरदस्त भावना है।

इस तरह से हम में से बहुत से लोग दूसरों की मदद करना पसंद करते हैं। यह जानते हुए कि हमने दूसरे की खुशियों में अपनी भागीदारी की है, यह अपने आप में ही एक रिवॉर्ड है। हालाँकि यह अपने में एक लत की तरह है। हम में से कुछ हमेशा दूसरों की मदद करना चाहते हैं। ऐसा करने में भी हम अपनी जरूरतों और दायित्वों की अनदेखी करते हैं।

जिन लोगों को मदद की जरूरत होती है, हम उन्हें मदद देनेवाले हो जाते हैं। जब हमसे मदद माँगी जाती है तो हम उस अवसर का लाभ उठाते हैं।

हम में से कई एक झुकाव के कारण मदद करने की इच्छा के कारण यह दिखाना चाहते हैं कि हम उन्हें कितना प्यार करते हैं। जैसे—हम परिवार के या करीबी दोस्तों की मदद करते हैं, क्योंकि यह उन्हें दिखाने का सबसे आसान तरीका है कि वे हमारे लिए महत्त्वपूर्ण हैं।

अन्य लोगों के लिए किसी को मदद करने की इच्छा तब जगती है,

जब हम वह 'आभासी सफेद घोड़े' की भूमिका निभाना चाहते हैं, जिससे हम अपना पूरा दिन बचा सकें; जैसे—हम एक अकेले खड़े मोटर सवार के फ्लैट टायर को बदलने में अपनी मदद देते हैं।

अन्य लोगों के लिए दूसरों की मदद करना एक घाटे का काम है। इस तरह से हमें जो आभार मिलता है, उस कारण हम उन कारणों को भूल जाते हैं, जो हम अपने बारे में नापसंद करते हैं।

यह प्रेरणा समझने योग्य होती है। पर अगर एक बार इन्हें यों ही छोड़ दिया जाता है तो इस तरह हम स्वयं की बार-बार अपनी जरूरतों व प्राथमिकताओं की अनदेखी करने लगते हैं।

यह बात निश्चित है कि दूसरों की मदद करना सम्मान की बात है। पर आपके स्रोत सीमित हैं। आपके पास खुद के लिए बहुत सारा समय, पैसा और ध्यान होता है। अब यह जरूरी है कि आप कितनी बुद्धिमानीपूर्वक उन स्रोतों का अपने लिए उपयोग करते हैं।

यह तो हमेशा ही होगा कि कैसे कोई आपके ध्यान से लाभान्वित हो सकता है। अगर आप किसी की मदद करना चाहते हैं तो ऐसे लोग हमेशा ही मिल जाएँगे, जो प्रसन्नतापूर्वक आपकी मदद स्वीकार करेंगे। पर यह बात हमेशा ध्यान रखें कि आप अन्य लोगों की समस्या को सुलझाने के लिए जिम्मेदार नहीं हैं। आप सिर्फ अपने लिए और जो लोग आप पर निर्भर हैं, उनके लिए जिम्मेदार हैं (जैसे—आपका अपना परिवार)।

इसका यह अर्थ कदापि नहीं है कि आपको दूसरों की मदद नहीं करनी चाहिए। जबकि लंबे समय तक इस बात को याद रखें कि दूसरों की मदद करने का सबसे अच्छा तरीका है कि पहले आपकी जरूरतें पूरी हो जाएँ।

अन्य शब्दों में, दूसरों की देखभाल करने से पहले अपनी देखभाल करना सबसे पहली प्राथमिकता होनी चाहिए।

□

हम निम्न आत्मसम्मान के साथ संघर्ष करते हैं

आत्मसम्मान एक चालू एवं फिसलनेवाली चीज है। कभी-कभी हमें खुद में इतना आत्मविश्वास लगता है कि हम पूरी दुनिया से जीत लेंगे; फिर दूसरे ही समय हमें बहुत असुरक्षा महसूस होती है। फिर हमें यह लगने लगता है कि हम किसी भी प्रकार की काररवाई करने में असमर्थ हैं।

इन अनुभूतियों से यह पता चलता है कि हम अपने बारे में कैसा महसूस करते हैं। इससे हमारी अपनी छवि, आकार और अपनी कीमत प्रभावित होती है। असुरक्षा के कारण हम अपर्याप्त महसूस करते हैं। यह हमें उकसा सकती है, और यह हमारे लिए शर्म की बात भी है।

यह जरूरी है कि हम उस प्रभाव को पहचानें, क्योंकि यह हमें लोगों को 'नहीं' कहने से हतोत्साहित करती है। यह इस प्रकार काम करती है—

कम आत्मसम्मान के बोझ तले हम गलती से यह विश्वास करने लगते हैं कि हमारा समय दूसरों के समय से कम कीमती है। हम यह गलत तरीके से सोचने लगते हैं और दूसरे लोगों की अपेक्षा अपने उद्देश्यों एवं रुचियों को कम करके आँकने लगते हैं। अपने आसपास

के लोगों की अपेक्षा हम दुनिया में अपने मूल्य को कम करके आँकते हैं।

इस विचार को ध्यान में रखते हुए इस बात में कोई शक नहीं कि हम स्वयं से ज्यादा दूसरों को अपने से कहीं आगे रखते हैं। यह समझने योग्य बात है कि जब हमसे मदद के लिए कहा जाता है तो हम तुरंत 'हाँ' कह देते हैं; पर अपनी जिम्मेदारियों को ध्यान में रखते हुए हमें 'न' कहना चाहिए।

यह सुलझाने के लिए एक आसान समस्या नहीं है। हम में से कई लोग, जो आत्मसम्मान के लिए संघर्ष कर रहे हैं, वे कई वर्षों से यह कर रहे हैं। कुछ लोगों ने इसे जिंदगी भर किया है। अपनी खुद की छवि को सुधारते हुए रास्ते में बहुत सारे धक्के खाने पड़ते हैं।

सबसे अच्छी बात यह है कि 'न' कहने से आपकी अपनी कीमत बढ़ जाती है। आप जितना ज्यादा 'न' बोलेंगे, उतना ज्यादा ही आप अपने समय, प्रतिबद्धता और इच्छाओं को महसूस करेंगे कि यह अनुरोधकर्ता की तरह ही आपके लिए भी उतना ही महत्त्वपूर्ण है। यह आपके आत्मसम्मान के लिए एक अर्थपूर्ण कदम होगा।

'नहीं कहने की कला' से आपके अपने भावनात्मक मुद्दे न ही हल होंगे और न ही उनका पता चलेगा। इससे आपको और अधिक मदद मिलेगी। आप 'न' कहकर और अधिक मुखर होंगे तथा इससे आप लोगों के अनुरोधों व आमंत्रणों के आवेगों से छुटकारा पाएँगे। इसके साथ ही, आपको यह दिखने लगेगा कि शालीनता के एक उद्देश्य के साथ 'न' कहकर आपको आगे बढ़ने का विश्वास मिलेगा, जो आपके विश्वास के अनुरूप होगा।

□

हम चाहते हैं कि अन्य हमें पसंद करें

लोगों की पसंद बनना एक विश्वव्यापी बात है। हम चाहते हैं कि लोग हमारी तरफ खिंच जाएँ, हम पर विश्वास करें और हमारे साथ समय बिताकर अच्छा महसूस करें।

यह इच्छा हमारे मनोविज्ञान में अच्छी तरह से रमी हुई है। हम इस प्रकार लोगों से अपने संबंध बनाते हैं। हम उनसे संबंध बनाने की कोशिश करते हैं, उनके साथ सहानुभूति रखते हैं कि हम उनके द्वारा स्वीकारे जाएँ।

इस बात में कोई आश्चर्य नहीं है कि हम अधिकांशतः तब 'हाँ' कहते हैं, जब हमें 'नहीं' कहना चाहिए। दूसरे लोगों की स्वीकृति के लिए तरसना हमारे लिए एक सहज प्रतिक्रिया है।

फिर से एक बार मैं अपने अनुभव से कह रहा हूँ। जब मैं हाई स्कूल में था तो मैं अपने बड़े लोगों द्वारा पसंद किया जाना चाहता था। फिर जब भी कोई मुझसे कोई अहसान माँगता था, जिसमें हमारा समय, प्रयास और पैसा लगता हो, तो मैं उस अवसर को कूदकर ले लेना चाहता था।

मैं हमेशा ही लोगों को खुश करनेवाला था। मैं 'नहीं' कहने में असक्षम था, क्योंकि ऐसा कहकर मैं किसी की सहमति प्राप्त करने का कोई अवसर छोड़ना नहीं चाहता था।

यहाँ एक सामान्य कमजोरी रही है। बहुत सारे लोग इस संघर्ष से जूझते हैं और चाहे वे इसे स्वीकारने से मना कर दें।* पर यह जरूरी है कि मान्यता के लिए हम 'हाँ' कहने की इस प्रवृत्ति को पहचानने के लिए ट्रिगर के रूप में इस्तेमाल करते हैं। जब हम अपनी मंशा के बारे में जानते हैं तो हम उसे रिव्यू करते हैं। अत: अपने मूल्यों के साथ अपने फैसलों के लिए वास्तविक कदम उठाएँ।

अगर आप लोगों को लगातार 'हाँ' कहेंगे तो वे आपको पसंद करेंगे और आपको इस्तेमाल करते रहेंगे। मैं आपको बताऊँगा कि कैसे इसे कम-से-कम उपयोग करना है और अपने समय, ऊर्जा एवं सम्मान को वापस लेकर आएँ।

फिर एक ऐसी चीज, जो आपको उत्साह देगी, किसी उद्‌देश्य और संतुलन के साथ 'नहीं' बोलना सीखिए। इससे आप अपने दोस्तों, परिवार के सदस्यों और सहयोगियों के बीच अपने स्तर को सुधार पाएँगे। आपको कोई पायदान की तरह इस्तेमाल नहीं करेगा; बल्कि आप उनसे इज्जत पाएँगे और विश्वास जीत पाएँगे।

□

* मैं अपनी शर्मनाक कहानियाँ सुनाने में बहुत खुशी महसूस कर रहा हूँ, क्योंकि ये निजी विकास के उदाहरण हैं, जिससे कि अंत तक आते-आते मैं लोगों को खुश करनी की आदत से उबर पाया और अब आप भी इससे उबर पाएँगे।

हम मूल्यवान् दिखना चाहते हैं

आप सोचिए कि अंतिम बार आप किसी के लिए संसाधन के रूप में प्रयुक्त हुए हों! हो सकता है कि वह व्यक्ति किसी भी चीज के लिए आपकी सलाह चाहता हो। हो सकता है कि उस व्यक्ति को आपकी सलाह की जरूरत हो। या हो सकता है कि उस व्यक्ति ने आपको किसी सूचना के लिए एप्रोच किया हो, जिससे कि किसी तरह से वह आपके लिए लाभदायक हो।

इससे अच्छा लगेगा। लगेगा न? किसी बात की प्रशंसा पाना अच्छा होता है।

स्वयं को दूसरों के द्वारा मूल्यवान् समझा जाना हमेशा अच्छा होता है। हम स्वयं को महत्त्वपूर्ण एवं प्रासंगिक पाए जाने में अच्छा महसूस करते हैं। इससे दूसरों की आँखों में हमें उच्च स्टेटस मिलता है, चाहे वह थोड़े समय के लिए ही क्यों न हो।

समस्या यह है—यह भावना मादक है। इससे हम लगातार अपना मूल्य साबित करने के लिए अवसर की तलाश करते हैं और इस बात को सुनिश्चित करते हैं कि हम मूल्यवान् हैं। यह झुकाव हमारे 'हाँ' कहने के अनुरोध को बढ़ावा देता है, जबकि हमें लोगों को 'न' कहना चाहिए।

जैसे—आपका कोई सहकर्मी आपसे किसी रिपोर्ट में सहायता करने के लिए कहता है और आपको यह बताता है कि आप उस मुद्दे पर एक

विशेषज्ञ हैं। अगर मूल्यवान् दिखना आपके लिए महत्त्वपूर्ण है तो कुछ ही समय के लिए उल्लास देना आपके लिए अच्छा है। आप उसके अनुरोधों पर सहमति देकर उस धारणा को सुदृढ़ करेंगे। ऐसा करके आप अपनी जिम्मेदारियों को कहीं पीछे छोड़ देंगे।

या मान लीजिए कि आपका एक दोस्त आपको कहीं और ले जाने के लिए मदद माँगता है तथा फिर यह भी कहता है कि आपकी मदद उसके लिए बहुत अधिक मूल्यवान् होगी। कहीं पर महत्त्वपूर्ण होना अच्छा होता है और आप भी चाहते हैं कि आपका दोस्त आपको बहुत ज्यादा मूल्यवान् माने।

इसलिए आप उसकी सहायता करने के लिए तैयार हो जाते हैं।

दुर्भाग्यवश ऐसा करने का अर्थ उस पर अपना बहुत सारा समय लगाना है। उस समय में आप नहीं तो बहुत सारा समय कुछ और कर सकते थे; जैसे कि आप अपना समय अपने बच्चों एवं अपने जीवनसाथी के साथ गुजार सकते थे।

मेरे कहने का यह अर्थ नहीं है कि आपको सहायता करने से मना कर देना चाहिए। मेरा न तो यह उद्देश्य है, न ही मतलब है कि आप किसी को यों ही न बोल दें। इसके बदले मैं आपको प्रोत्साहित करूँगा कि आप अपनी मंशाओं को पहचानें और अन्य लोगों की प्राथमिकताओं को अपनी प्राथमिकताओं से आगे रखें। इस संदर्भ में क्या आप दूसरे व्यक्तियों की नजरों में मूल्यवान् दिखने के लिए हमेशा 'हाँ' कहते हैं?

जैसा कि मैंने पहले भी कहा है, दूसरों की मदद करना एक सम्मानित बात होती है; पर गलत कारणों से लोगों की मदद करने से गंदी आदतें ही सुदृढ़ होती हैं, जिससे आपके भीतर अपने आप कड़वाहट और क्रोध उत्पन्न होता है।

मैं आपको बेहतर रास्ता दिखाऊँगा।

□

हम अवसर को खो देने से डरते हैं

क्या आपने अपने बॉस को कभी इस डर से कुछ भी नहीं बोला है कि वे आपको किसी प्रकार की उन्नति, प्रोन्नति या नई जिम्मेदारियाँ देने से रोक न दें? क्या आपने अपने किसी दोस्त को 'हाँ' बोला है कि आपको यह न लगा हो कि उसको 'न' बोलकर आप जिंदगी में कुछ अच्छा पाने से रह जाएँगे?

इससे किसी को खोने का डर होता है (संक्षेप में फोमो, FOMO, Fear Of Missing Out कहते हैं)। हमें इस कारण एक चिंता होती है कि हम अवसरों का लाभ लेने में असमर्थ हो जाते हैं। यही एक सामान्य कारण है कि हम में से अधिकांश लोग 'हाँ' कह देते हैं, जबकि 'न' कहना एक बेहतर अवसर है।

जैसे—कार्य के क्षेत्र में हम नए प्रोजेक्ट्स इसलिए लेते हैं कि हमें डर लगता है कि प्रोजेक्ट लेने से मना करने पर हमारे भविष्य पर असर पड़ सकता है।

अपने दोस्तों के साथ हम कार्य करने में अपना पूरा समय लगा देते हैं, क्योंकि हमें कुछ बेहतरीन अवसरों को खोने का डर होता है।

सोशल मीडिया इस प्रवृत्ति की पुष्टि करता है। हम अपने फोन, टैबलेट आदि पर लगातार फेसबुक देखते हैं, उसके पोस्ट पढ़ते हैं, दूसरों के पोस्ट पढ़ते हैं, उनके अनुभवों को पढ़ते हैं और खुद के पोस्ट न होने

के कारण खुद को धोखा देते हैं। हम सिर्फ चीजों को 'हाँ' इसलिए कह देते हैं, क्योंकि हम अलग-थलग पड़े रहना नहीं चाहते।

सबसे अच्छा परिणाम यह है कि हमें यह महसूस होने लगता है कि हम केंद्रित होना, परेशान और नाखुश होना महसूस करने लगते हैं, क्योंकि हम हर अवसर का लाभ उठाने के लिए लड़ते हैं। क्यों? हम अनिवार्य रूप से कई चीजों को जबरदस्ती खींचने लगते हैं, जबकि वह हमारे लिए अपरिहार्य है।

इसलिए समस्या यह नहीं है कि हम उन अवसरों को 'हाँ' कहते हैं। समस्या यह है कि हम सही और गलत अवसरों के बीच अंतर करने में असफल हो जाते हैं।

यह याद रखें कि एक दिन में ऐसा समय आता ही है। आप सबकुछ नहीं कर सकते हैं। इसका अर्थ यह है कि जब भी आप किसी भी चीज को 'हाँ' कहते हैं तो आप तरीके से किसी चीज को 'न' कहते हैं।

कुछ अवसर पाने के चक्कर में आप कुछ अवसर खो भी देते हैं।

इसलिए यह एक बहुत बड़ा कारण है कि आप चीजों को 'न' कहते हैं। कुछ ऑफर्स को नकार देने से आप स्वयं को उस बात की स्वतंत्रता दे देते हैं, जिसमें यह साबित होने लगता है कि आपके लिए वे पूरी तरह से रिवॉर्ड देनेवाले होंगे।

हमारी आदतों में यह परिवर्तन लाने के लिए हमारी सोच में भी परिवर्तन होना चाहिए। यह आपके लापता होने के डर को भी छोड़ देता है। आपको जबकि उन अवसरों के बारे में पता होना चाहिए, जो आपके उद्देश्य एवं रुचियों के साथ संगत हों।

□

हम भावनात्मक बदमाशी के शिकार हैं

आपको कभी-कभार ऐसे लोग मिलेंगे, जो किसी से 'न' सुनना पसंद नहीं करते। वे आपसे 'हाँ' सुनने के लिए कुछ भी कर सकते हैं और हो सकता है कि वे आपको भावनात्मक रूप से परेशान भी करेंगे।

भावनात्मक रूप से बदमाशी तब होती है, जब कोई व्यक्ति अपनी इच्छा पूरी करने के लिए किसी अन्य व्यक्ति को गुस्सा दिलाता है, परेशान करता है या उसे अपने प्रति सजग कर देता है। यह कई प्रकार से हो सकता है, जिसमें कुछ इस प्रकार से हैं—

- चिल्लाना,
- बुलाना,
- कसम खाना,
- डराना-धमकाना,
- लॉबी बनाकर अपमान करना,
- तिरस्कार करना,
- समाज से बहिष्कृत करना,
- आरोप-प्रत्यारोप लगाना।

इन सारे तरीकों का इस्तेमाल करके वह भावनात्मक रूप से परेशान करता है, जिससे पीड़ित को अंदर से पश्चात्ताप होता है, शर्म आती है।

असल में बात यह है कि जो लोग इन नकारात्मक भावनाओं को अनुभव करते हैं, वे फिर मान भी जाते हैं। वे आत्मसमर्पण कर देते हैं, क्योंकि उन्हें यही लगता है कि 'हाँ' कहकर वे परेशान करनेवालों या गाली देनेवालों को रोक तो सकते हैं।

भावनात्मक रूप से परेशान करनेवालों को यह पता होता है कि वे क्या कर रहे हैं। उन्हें पता होता है कि वे जोड़-तोड़ कर रहे हैं। उन्हें यह समझ में आता है कि वे पीड़ित के साथ सही व्यवहार नहीं कर रहे और अशिष्ट हो रहे हैं।

यह याद रखना जरूरी है। क्यों? यह इसलिए जरूरी है, क्योंकि इससे आपको मौका मिलता है कि आप इस प्रकार के परेशान करनेवाले लोगों के विरुद्ध खड़े हो पाएँ और उनकी कमियों को उजागर करें। इससे आपको यह आत्मविश्वास मिलता है कि आप अपने कहे पर तब कायम रहें, जब परेशान करनेवाला आपसे जबरदस्ती 'हाँ' कहलवाना चाहता है।

जैसे—मान लिया कि आपने अपने सहकर्मी को किसी काम में मदद करने से मना कर दिया, क्योंकि आपके पास अपने काम निपटाने के लिए बहुत सारे काम हैं। आपका सहकर्मी आप पर चिल्लाता है और आपको देख लेने की बात कहता है।

अपने सहकर्मी को यह याद दिलाना बहुत जरूरी है कि चिल्लाना और उसे देख लेने की बात कहना गलत व अनुचित है। इसके अलावा यह किसी समस्या को सही रूप से सुलझाने का एक गलत तरीका है। आप उस परेशान करनेवाले को यह भी कह सकते हैं कि क्या पिछली बार जब वह चिल्लाया था या बातें बनाई थीं तो क्या वह बात उसके लिए काम की थी?

अन्य शब्दों में, अपने दिमाग का इस्तेमाल करें। चूँकि आपको पता है कि परेशान करनेवाला जान-बूझकर जोड़-तोड़ कर रहा है तो इन तरीकों से आप कम प्रभावित होंगे। आपको अपने में कम शर्मिंदगी

महसूस होगी, कम डर लगेगा, खुद को कम दोषी पाएँगे या आपको कम शर्म आएगी। इसके बदले आपको यह दिखने लगेगा कि परेशान करनेवाले का चिल्लाना या उसका कुछ-कुछ बोलना उसके व्यक्तित्व की कमी का एक हिस्सा है। इससे आपके लिए मुखर रहना आसान होगा और आप अपनी बात पर कायम रहेंगे।

□

हम विवाद से अवगत हैं

बहुत सारे लोगों को 'न' कहने में दिक्कत होती है, क्योंकि वे विवाद से होने वाली परेशानी से जूझ रहे होते हैं। वे घृणा करते हैं और इससे बचने के लिए कुछ भी कर सकते हैं। उनके लिए किसी चीज को झट से खत्म करने के लिए 'हाँ' बोलना एक जल्द और सबसे आसान तरीका है।

मैं इस बात को समझता हूँ। मुझे विवादों से घृणा करते हुए बड़ा किया गया था। जिस भी व्यक्ति से जब मैं बात कर रहा हूँ, अगर वह व्यक्ति परेशान, क्षुब्ध या थोड़ा भी उदास हो जाता था तो मैं उस व्यक्ति को तुरंत शांत कराने लगता था। अगर मेरी कही ऐसी किसी चीज से विवाद बढ़ने लगता था तो मैं तुरंत ही अपनी बातें वापस ले लेता था।

ऐसा ही एक वार्त्तालाप मैं सामने रखता हूँ—

अनुरोधकर्ता : "क्या मैं आपसे एक मदद ले सकता हूँ?

मैं : जरूर। आपको क्या चाहिए?

अनुरोधकर्ता : क्या आप इस शुक्रवार को मुझे एयरपोर्ट ले जा सकते हैं?

मैं : मुझे माफ करें, इस शुक्रवार को मैं यह नहीं कर पाऊँगा।

अनुरोधकर्ता (क्षुब्ध होकर) : क्या तुम इस बात के लिए गंभीर हो? क्या तुम मेरी सहायता नहीं करोगे?

मैं (आँखों में आँखें डालकर सहमते हुए) : हूँ···

अनुरोधकर्ता (क्षुब्ध होकर) : मुझसे अब भविष्य में किसी और चीज के लिए नहीं पूछना!

मैं (विवाद को जल्दी से खत्म करने के लिए) : अच्छा, ठीक है। शांत हो जाओ, मैं तुम्हें हवाई अड्डे ले जाऊँगा।

मेरे लिए अपनी बात पर अड़े रहने से अच्छा अनुरोधकर्ता की माँग पूरी करना था। यह सिर्फ एक मामला था, जिसमें मैंने आपको बताया कि विवाद से बचने के लिए मेरे भीतर कितनी मजबूत क्षमता थी। मैं किसी भी विवाद को समाप्त करने के लिए कुछ भी कर सकता था।

हो सकता है कि आप इस बात से अपने को जोड़ें। हो सकता है कि आप लोगों को 'हाँ' इसलिए कहते हैं, क्योंकि वे आपसे न ही क्षुब्ध होंगे और न ही परेशान होंगे। आपने यह सीख लिया है कि अच्छा बनकर किसी प्रकार के विवाद से बचा जा सकता है।

समस्या यह है कि संघर्ष से बचने के लिए आप यह सोच लेते हैं कि दूसरे व्यक्ति की तुलना में आपकी भावनाएँ कम महत्त्वपूर्ण हैं। पर सच्चाई यह है कि आपकी भावनाएँ किसी भी प्रकार कम महत्त्वपूर्ण नहीं हैं। बस आप उसे इसी प्रकार देख रहे हैं।

अगर आप किसी प्रकार से विवाद से परेशान हैं तो आप उस डर से विजय पाने के लिए छोटे व सामान्य से काम कर सकते हैं। पहले यह पहचान लें कि हमेशा समरसता संभव नहीं है। लोगों के विचारों, जरूरतों और इच्छाओं में विरोध हो सकता है; पर एक-दूसरे से टकराव भी रोका नहीं जा सकता।

दूसरा, अपने आप को यह भी बताते रहें कि विवाद हमेशा खराब नहीं होते। यह विरोधाभासी विचारों का प्रदर्शन है। कोई व्यक्ति किसी विवाद पर कैसे अपनी प्रतिक्रिया देता है (या तो शांत होकर या गुस्से में), यह एक अलग ही मुद्दा है।

हर छोटे-छोटे कदम में 'नहीं' कहने की आदत डालें। ऐसी

परिस्थितियों से शुरू करें, जहाँ विवाद पैदा हो ही नहीं सकते। इसका एक उदाहरण है कि कपड़े की किसी दुकान में एक सेल्समैन को कहना कि आपको वह कपड़ा पसंद नहीं आ रहा है।

धीरे-धीरे ऐसी परिस्थितियां को देखें, जहाँ 'नहीं' कहने पर एक बड़ा रिएक्शन होता है। जैसे कि पहले से प्रयोग में लाई गई कार के सेल्समैन को यह कहना कि आप गाड़ी खरीदना ही नहीं चाहते।

ऐसी कम रिस्क वाली परिस्थितियों से शुरू करके आप विवादों को सहना सीखेंगे। एक मांसपेशी की तरह इसके बार-बार प्रयोग से आपकी सहन-शक्ति मजबूत होती जाएगी। अगर व्यक्ति गुस्से में होगा, अगर उसके अनुरोधों को हमेशा अस्वीकार किया जाएगा तो आपको हमेशा 'नहीं' कहने में आसानी होगी।

□

हम लोगों में खुश करने की आदत विकसित करते हैं

किसी को 'हाँ' कहना हम में से कई लोगों की एक आदत होती है। एक लंबे समय से ऐसा करना हम सीख जाते हैं। हम यह जितना ज्यादा करते हैं, उसमें उतने ही फँस जाते हैं और इतने सहज नहीं हो पाते हैं। इससे पहले कि हम किसी बात पर अपनी सहमति न बना लें, कुछ और बात समझ पाएँ। हमारे भीतर एक ऑटोपायलट होता है, जिसके कारण हम यह कर पाते हैं।

एक तरह से हमने अपना दिमाग इस तरह से बनाया होता है कि हमसे लोग जिस तरह से कहते हैं, हमारा दिमाग उसी तरह से जवाब देता है।

याद करें, जब अंतिम बार आपने कुछ ऐसा किया हो, जिसे आप अकेले में खुद करना चाहते हों। क्या आपने यह बात स्वयं सोची है कि किसी को 'हाँ' कहने से आप पर उसका कितना असर पड़ सकता है?

यह एक सीखा हुआ व्यवहार है।

इससे बहुत सारी चीजें निकलकर आती हैं; जैसे—जब आप एक बच्चे थे, तब अपने माँ-बाप के या किसी अन्य अथॉरिटी फिगर से

आपने 'हाँ' कहना सीखा होगा। या आपने यह देखा होगा कि किसी को 'हाँ' कहने से वह खुश हो जाता है और उसके बदले आपको आत्म-मूल्यांकन की भावना देगा। या आपने यह देखा होगा कि अपने बड़े लोगों को 'हाँ' कहने से वे आपको अपनी हर चीज में शामिल करेंगे।

ऐसे 'पाठों' का हम पर एक प्रभावशाली प्रभाव पड़ेगा। वे हमें ऐसा प्रशिक्षण देते हैं कि हम ऐसा करने में दूसरों को समायोजित करेंगे, जिससे हम में शॉर्ट टर्म की पुष्टि होनी चाहिए (चाहे उसमें सहमति, अपनी कीमत और सामाजिक समावेश शामिल हो)।

हम अपने अगले फिक्स को लेकर उसके आदी बन जाते हैं।

अच्छी खबर यह है कि किसी अन्य आदत की तरह 'हाँ' कहने की आदत को भुलाया जा सकता है। इसे पूरी तरह से मना किया जा सकता है। हम अपने दिमाग के तारों को पूरी तरह से खोल सकते हैं, जिससे हम अपने अनुरोधों के बारे में और चिंतनशील हो सकते हैं।

वास्तविक बात यह है कि हमें छोटे-छोटे कदम उठाने चाहिए।

जैसे कि शुरू में ही उदाहरण दिए गए हैं कि तुरंत ही किसी को 'हाँ' नहीं कहना चाहिए। पहले किसी के अनुरोध को समझने के लिए खुद को स्वयं कुछ समय देना चाहिए और यह भी समझना चाहिए कि इससे आपके दिन पर क्या प्रभाव पड़ेगा! अपनी सहज प्रतिक्रिया को रोकने से आपकी इस तुरंत 'हाँ' करने की आदत में मदद मिलेगी।

अगला पहले उन कारणों को देखें, जिनके कारण आप 'हाँ' कह रहे हैं। क्या वह कारण सही है? जैसे—क्या आपको अनुरोधकर्ता की सहमति की आवश्यकता है? क्या आपको उस व्यक्ति की जरूरत है, जो आपका मूल्य पता कर सके? क्या यह जरूरी है कि आप उसके दोस्तों की सूची में शामिल हों? आपको यह दिखने लगेगा कि आपका व्यवहार (खुद से 'हाँ' कहने की आदत) उस मंशा से प्रेरित है, जो आपके लिए तुच्छ है।

किसी काम को बार–बार करनेवालों के लिए किसी भी काम को उलटा करना आसान नहीं है। पर ऐसा किया जा सकता है। सबसे पहले और सबसे महत्त्वपूर्ण कदम यह है कि अपने भीतर स्थित आदतों को पहचानें।

□

एक सवाल : क्या आप लोगों को खुश करने वाले हैं?

चलिए, देखते हैं कि आप कितने ज्यादा लोगों को 'हाँ' कहते हैं। हम में से अधिकांश लोग कुछ स्तर पर इस समस्या से जूझते रहते हैं। पर कभी-कभार लोगों को खुश करनेवाले और हमेशा लोगों को खुश करने में करीब एक खाई का अंतर है।

अब समय आ गया है कि देखें कि आप इस पैमाने में कहाँ आते हैं!

नीचे 15 वाक्य लिखे हैं। उन सबको एक-एक करके पढ़ें और उसे एक से पाँच के बीच वैल्यू करें। नीचे लिखें—

'1' अगर यह वाक्य पूरी तरह से गलत है तो यह पूरी तरह से आप पर लागू होता है।

अगर यह स्टेटमेंट आपको टी बताते हैं तो नीचे '5' लिखें। अगर यह वाक्य एकदम सही है तो अपने आप को '2' व '3' में से अंक दे दें।

एक बार जब आप अपने आप का 15 स्टेटमेंट्स में मूल्यांकन करते हैं तो हम आपके स्कोर मिलाएँगे। आपके स्कोर आपको बताएँगे कि कैसे आप अपनी जरूरतों और प्राथमिकताओं को अलग रखकर अन्य व्यक्तियों के साथ मिल-जुलकर रहते हैं।

1. अगर मेरे मन में किसी के बारे में कुछ जबरदस्त खयाल भी है

तो मैं यह नहीं बताता कि मेरे मन में क्या चल रहा है।

2. मुझे हमेशा मुसकराने की जरूरत लगती है और मैं लोगों के साथ बहुत ज्यादा अच्छा हो जाता हूँ, चाहे मुझे अंदर से गुस्सा आ रहा हो।
3. मैं विवाद की संभावना से डरता हूँ।
4. जब भी मैं स्वयं के लिए कुछ करता हूँ तो मैं तुरंत स्वयं को स्वार्थी मानने लगता हूँ।
5. मैं किसी भी दोस्त, सहकर्मी, परिवार के सदस्यों और यहाँ तक कि किसी अनजान आदमी को मेरे साथ उसकी निजी सीमा लाँघने देता हूँ।
6. जो अन्य लोग मुझसे चाहते हैं, मैं हमेशा वह ही बनना चाहता हूँ।
7. मैं अन्य लोगों को खुश करने के चक्कर में नियमित रूप से अपनी खुशी का त्याग करता हूँ।
8. मैं दूसरों के मेरे प्रति नकारात्मक व्यवहार से डरता हूँ।
9. मैं अन्य लोगों द्वारा स्वयं की पसंद बनना चाहता हूँ।
10. मैं पहला कदम उठाने से डरता हूँ।
11. मुझे अस्वीकृति डराती है।
12. मैं हर निर्णय के बारे में बहुत ज्यादा सोचता हूँ और इस बात के बारे में बहुत चिंता करता हूँ कि कैसे मेरे निर्णय दूसरों को प्रभावित करेंगे।
13. जब भी मुझे कुछ सकारात्मक फीडबैक मिलता है तो मैं बहुत भावुक हो जाता हूँ और जब मुझे नकारात्मक फीडबैक मिलता है तो मैं परेशान होकर टूट जाता हूँ।
14. जब भी कोई व्यक्ति मेरे साथ भावनात्मक रूप से जोड़-तोड़ करता है, वह गाली देता है, तब भी मैं यही सोचता हूँ कि हर कोई अच्छा ही है।
15. किसी को 'न' कहने से मुझे तुरंत भय लगने लगता है।

अब आप अपने स्कोर मिलाइए कि आप लोगों को कितना 'हाँ' कहते हैं, चाहे उसमें आपको अपनी खुशी ही कुरबान क्यों न करनी पड़े।

15 से 30 पॉइंट्स : आपको 'न' कहने में थोड़ी दिक्कत होगी। आप अपने समय और स्रोतों के इस्तेमाल करने के बारे में सही से निर्णय लीजिए। लोगों को खुश करने से पहले अपने दायित्वों, अपनी जिम्मेदारियों और अपनी खुद की खुशियों के लिए सोचने के लिए पहले अपनी प्राथमिकताएँ बढ़ाएँ।

31 से 45 पॉइंट्स : अपने निजी या व्यावसायिक उद्देश्यों को हासिल करने से पहले आपके मन में थोड़ा उद्वेग होता है, क्योंकि आप उनके उद्देश्यों को जानते हुए उन्हें मदद कर सकते हैं। आपके लिए 'न' कहना कोई बड़ी समस्या नहीं है, पर आप अधिकतर जरूरतों के कारण अनुरोधों को मना कर देते हैं; यहाँ तक कि आप जरूरत से ज्यादा 'हाँ' कहते हैं।

46 से 50 पॉइंट्स : अगर आपको पता नहीं भी होता, तब भी आप लोगों को खुश करने में लगे होते हैं। आप विवादों से दूर भागते हैं और उससे हमेशा दूर से ही बचने की कोशिश करते हैं। जब आपको दूसरों के गुस्से, परेशानी या असंतोष का सामना करना होता है तो आप उस व्यक्ति को ऐसा देखना चाहेंगे। उसे हम बचाने की कोशिश करेंगे या व्यक्ति के अनुरोध के प्रति समर्पण करेंगे।

61 से 75 पॉइंट्स : जिस समय आप सोकर उठते हैं, तब से लेकर आप लोगों को खुश करने में लगे रहते हैं। आप विरले ही अपनी खुशी और उद्देश्यों को दूसरों के आगे रखते हैं। आपकी अपनी कोई सीमाएँ नहीं होती हैं और आप लोगों को अपने ऊपर हावी होने देते हैं। 'नहीं' कहने का विचार अकल्पनीय है, क्योंकि ऐसा करने से दूसरों पर नकारात्मक असर पड़ सकता है। इस कारण आप लोगों को खुश करनेवाले मँझे हुए व्यक्ति हो।

अगर आपके स्कोर 30 से ज्यादा हैं तो मेरे पास आपके लिए एक

अच्छी खबर है। आपको इससे निबटने के लिए रणनीतियाँ और तरीके 'भाग-3 : नहीं कहने के 10 तरीके' (बिना किसी धक्के के) में मिल जाएँगे, जिसमें आपको सारे प्रैक्टिकल वैल्यू बताए गए हैं।

सावधानी : इस सलाह को मानना इतना आसान नहीं होगा। लोगों को खुश करने की आदत को छोड़ना बहुत ही मुश्किल है। पर यह तभी संभव हो सकता है, जब यह आदत आपके मनोविज्ञान में बहुत गहरी घुसी हुई है। 'नहीं कहने की कला' में आपको सीढ़ी-दर-सीढ़ी बताया गया है कि जीवन को कैसे बदला जा सकता है।

आगे है

आपको समस्या के बारे में पता है और यह भी पता है कि आपके निजी अनुभव में यह कितना प्रभाव डालती है। आपको यह भी पता चल जाता है कि क्यों आप दूसरों की प्राथमिकताओं को अपने से ऊपर रखते हैं। पर आपको यह पता नहीं होता कि इस आदत को कैसे तोड़ा जाए?

मैं आपको दिखाऊँगा कि 'भाग-3 : नहीं कहने के 10 तरीके' (बिना किसी धक्के के)। हम ऐसे बहुत सारे तरीके कवर करने वाले हैं, जिसमें आप पूरे अनुग्रह, संतुलन और ईमानदारी के साथ इन अनुरोधों को नकार देंगे।

क्या आप अपने भीतर से लोगों को खुश करने की आदत गायब करना चाहते हैं? अगर 'हाँ', तो एक मजेदार ड्रिंक बनाओ, आराम से रहो और आगे पढ़ते जाओ।···

□

भाग-3

'नहीं' कहने के 10 तरीके (बिना कोई झटका लगे)

'नहीं' कहने से बचने के लिए सबसे बड़ी चुनौती आप जब लोगों को निराश करते हैं तो आपको यह लगता है कि आप स्वयं में दोष, डर और शर्म महसूस कर रहे हैं। यह कोई छोटा-मोटा काम नहीं है। बहुत सारे मामलों में इसके लिए वर्षों के प्रशिक्षण की जरूरत होती है।

हम में से कुछ, जिनमें मैं स्वयं भी शामिल हूँ, ने अन्य लोगों के साथ अपनी जिंदगी मिला-जुलाकर चलने में ही बिता दी है। हमने स्वयं को इस तरह से लगातार प्रशिक्षित कर रखा है कि हमने स्वयं से पहले दूसरों को भी रखा है। अगर इस आदत को बदल दिया जाए तो इसके लिए बहुत सारा समय और प्रयत्न लगेगा।

अच्छी बात यह है कि यह तो कोई भी कर सकता है। अगर आप यह नीति अपनाना चाहते हैं तो मैं आनेवाले पन्नों में आपके साथ यह साझा करूँगा और आप धीरे-धीरे लोगों को खुश करने की अपनी आदत में कमी लाएँगे। जब आप ज्यादा-से-ज्यादा 'न' कहेंगे तो आपको यह दिखने लगेगा कि ऐसा करने से आपको अपना समय बिताने की आजादी मिलती है और आप अधिक उत्पादक एवं पुरस्कृत होने वाले प्रयासों का पीछा करेंगे।

जैसा कि मैंने पहले भी कहा है, इसका अर्थ लोगों को नकारना नहीं है। इसके बदले हमारा उद्‌देश्य यह होना चाहिए कि हमें 'न' कहना

सीखना चाहिए और वह भी बिना दोषी बने, क्योंकि उस परिस्थिति में वह आपका सर्वश्रेष्ठ निर्णय होगा।

इस तरीके से चलिए, प्रयास #1 में जाते हैं और उसके बारे में चर्चा करते हैं।

□

रणनीति #1 : सीधा एवं स्पष्ट बोलें

क्या नीचे लिखे हुए तरीके से आप पहले से परिचित हैं?

किसी ने आपसे मदद माँगी। समस्या यह है कि आप प्रोजेक्ट्स से लदे हुए हैं, पर समय की कमी के कारण आपको मदद की जरूरत होती है। आपको पता होना चाहिए कि आपको उस व्यक्ति के अनुरोध को मना कर देना चाहिए। आपके सामने काम की जितनी मात्रा है, उस हिसाब से आपके पास कोई और विकल्प नहीं है।

पर आप यह नहीं कहते हैं, "मुझे माफ करें। मैं आपकी मदद करने में असमर्थ हूँ।" इसके बदले आप बात इधर-उधर कर देते हैं और फिर कहते हैं, "हूँ…कर सकता हूँ, पर मैं थोड़ा व्यस्त हूँ। पर मुझे यह नहीं पता कि मैं कितना समय दे सकता हूँ!"

इससे अनुरोधकर्ता को एक मिश्रित संदेश जाता है। इससे उसके पास यह संदेश जाता है कि आप किसी चीज में व्यस्त हैं; पर आप उसके अनुरोध को ध्यान से सुनते हैं। इससे यह संदेश जाता है कि आप अपनी जिम्मेदारियों को किनारे रखकर उसके साथ तालमेल बैठा रहे हैं।

अनुरोधकर्ता आपके इस अवसर का लाभ उठाकर काम की अत्यावश्यकता दिखाकर आपको यह संदेश देता है (जैसे—'यह बहुत महत्त्वपूर्ण काम है। मुझे इसमें सच में अभी आपकी मदद चाहिए!')

जब आप इस अनुरोध पर बात करते हैं तो इसका सीधा अर्थ यह

है कि आप अनुरोधकर्ता के इस बढ़े हुए दबाव का स्वागत करते हैं। वह व्यक्ति, जो आपसे आपका समय माँग रहा है, वह आपको असमंजस की स्थिति में डाल रहा है। वह आपको देखकर यह पहचान लेता है कि आप उसकी ओर से 'हाँ' या 'न' कहने की स्थिति में फँसे हुए हो, चाहे इससे आपकी अपनी डेडलाइंस मिस हो रही हों।

इस कारण से यह बहुत जरूरी है कि जब आप उनके अनुरोधों को अस्वीकार कर रहे हैं तो आप इस संबंध में बहुत स्पष्ट रहें। ऐसे में ज्यादा कहने की जरूरत नहीं है। कभी भी गोल-मोल बातें न करें, जिससे कि यह लगे कि इससे अनुरोधकर्ता संतुष्ट हो जाएगा। (वह संतुष्ट नहीं होगा) इसके बदले उनके अनुरोधों पर अपनी अनिच्छा व्यक्त करने को लेकर स्पष्ट रहें।

जब आप किसी के अनुरोध को अस्वीकृत करते हैं तो उस संबंध में बहुत स्पष्ट रहें। इसका यह अर्थ नहीं है कि आप विनम्र नहीं हैं। यहाँ तक कि आपके स्पष्ट रहने से अनुरोधकर्ता आपकी प्रशंसा करेगा, क्योंकि वह यह समझ जाएगा कि आपको समझाना उसके लिए समय बरबाद करने के बराबर है। वह व्यक्ति अपना समय बहुत बुद्धिमानी के साथ सहायता के लिए कहीं और लगा लेगा।

इससे आपको 'न' कहने में मदद मिलेगी। आपके कारणों से आपकी अक्षमता/अनिच्छा को मदद मिलेगी; जैसे—मदद के लिए दो रिस्पांस से आपको कुछ समझ आ जाएगा।...

1. "मेरे पास आपको मदद देने के लिए समय नहीं है।"
2. "मेरे पास आपकी मदद करने के लिए समय नहीं है, क्योंकि मैं एक महत्त्वपूर्ण रिपोर्ट पर काम कर रहा हूँ, जिसे दो घंटे में दिया जाना है।"

पहले रिस्पांस से अनुरोधकर्ता को यह चकित होना पड़ेगा कि मदद के लिए आपका मना करना कोई निजी रिजेक्शन तो नहीं है। इससे विरोध भी हो सकता है, जिससे किसी भी पार्टी को कोई मदद नहीं मिलेगी।

दूसरी प्रतिक्रिया में संभावना के रूप में अस्वीकृति को समाप्त कर देती है। इसके बदले यह आपके निर्णय को सही साबित करती है, क्योंकि यह यथार्थपूर्ण और तर्कपूर्ण होगी। अनुरोधकर्ता आपके निर्णय को नापसंद करे, पर वह उसकी फेस वैल्यू को स्वीकृत करेगा।

अनुरोधकर्ता के अनुरोध को मना करने के अपने कारणों के प्रति ईमानदार रहें। सभी प्रलोभनों का विरोध करें। इसके लिए आप न सिर्फ झूठ बोलने के लिए दोषी ठहराए जाएँगे, बल्कि अनुरोधकर्ता आपके भीतर सच्चाई की कमी को नोटिस करेगा। इस कारण वह आपके प्रति क्रोधित हो जाएगा।

इसके लिए सबसे अच्छा एप्रोच होगा कि आप प्रत्यक्ष, ईमानदारीपूर्ण और आदर के साथ रहें।

□

रणनीति #2 :

समय का इंतजार मत कीजिए

जब कोई रुका हुआ हो तो आप कह सकते हैं। उसी तरह से जब आप ऐसा करते हैं तो अन्य लोग भी आपसे कह सकते हैं। हम में से कोई इतना असंगत नहीं है, जितना हम सोचते हैं।

हालाँकि हम में से कई समय के लिए रुक जाते हैं, खासकर तब, जब हम मदद माँगते हैं। हमें पता है कि हम समय और/या ऊर्जा किसी पर खर्च नहीं कर सकते। हमने यह मान लिया होता है कि इसका उत्तर हमेशा 'नहीं' होना चाहिए। पर अनुरोधकर्ता को सीधे 'नहीं' कहकर हम फालतू में समय बरबाद करते हैं और यह देरी अपरिहार्य होती है।

जैसे—हम पूछकर रिस्पांस करते हैं, "क्या हम उस बात पर वापस आ सकते हैं?" या अनुरोधकर्ता से कह सकते हैं, "जब मेरे पास खाली समय होगा, मुझे तब इस बारे में सोचने दें।"

कभी-कभार हम ऐसा शिष्ट होने के लिए करते हैं। हमें पता है कि हमें उस अनुरोध को मना कर देना चाहिए, पर हमें अनुरोधकर्ता को यह पता चलने नहीं देना चाहिए कि हम उन्हें ठुकरा रहे हैं। हम यह नहीं चाहते कि वह व्यक्ति यह सोचे कि यह निजी रूप में ले रहा है।

अन्य समय हम यह सब डर के मारे कर रहे होते हैं। हम इस

बात को लेकर सोचते हैं कि अपनी इच्छा के आगे अनुरोधकर्ता की जरूरतों को मना करके हम किसी प्रकार का कोई विरोध खड़ा कर सकते हैं, इसलिए हम मना करने की अपनी आशाओं को रोक देते हैं।

अन्य समय में हम यह करने में देरी करते हैं, क्योंकि हम वास्तव में उस व्यक्ति की मदद करना चाहते हैं; पर हम फँसे होते हैं और इस बारे में अनिश्चित होते हैं कि उसे कैसे किया जाए? हम समय का इंतजार करते हैं। हम यह सोचते हैं कि अनुरोधकर्ता की बातों में हमें किस प्रकार अपने दायित्वों को पूरा करना है!

कुछ कारणों से रुकना एक बुरा विचार है। पहला, यह अनुरोधकर्ता को खींचता है। यह उसे आपकी मदद के लिए प्रोत्साहित करता है, चाहे आपके काम करने के बहुत कम अवसर हों। जब अनुरोधकर्ता यह महसूस करता है कि आप सहायता करने में अक्षम हैं, उसका इसमें समय बरबाद हो गया है, तो वह परेशान होने लगता है।

दूसरा, रोकने से आप दुविधा में पड़ जाते हैं। जब आप सीधे तरीके से 'नहीं' कह पाते तो अनुरोधकर्ता सीधे मुखर हो जाता है और वह यह समझने लगता है कि आपको समझाकर संतुष्ट किया जा सकता है।

तीसरा, समय के लिए रुककर आप अपनी उत्पादकता घटा देते हैं, जिससे स्थिति और बिगड़ने लगती है। यह सीधे-सादे तरीके से अनुरोध को मना करने के बदले आपको और समय लेने के लिए बल डालने लगती है।

अगर कोई आपसे मदद माँगता है तो आपको पता होना चाहिए कि आप उसके अनुरोध को मना कर दें, रुकें नहीं। स्पष्ट एवं सीधे बन जाएँ। ऐसा करने में जरूर असहज महसूस होगा। इससे अनुरोधकर्ता गुस्से में भी कह सकता है। पर उसके पीछे की भावनाओं को आप नियंत्रित नहीं कर सकते।

सीधे तरीके से 'न' कहकर भी आप आदर दिखा सकते हैं। ऐसा कहकर यह अनुरोध आपके सिर पर किसी घने काले बादल की तरह नहीं मँडराएगा।

□

रणनीति #3 : 'नहीं' शब्द के बदले किसी अन्य शब्द का प्रयोग करें

अगर आप पूरे सम्मान के साथ अपनी बात रखते हैं तो इसका कोई नकारात्मक प्रभाव नहीं पड़ेगा। जैसे—अगर कोई आपसे मदद की माँग कर रहा है और आप सामने से उसके अनुरोध को 'नहीं' कहकर मना कर दें तो वह बुरा भी मान सकता है। यदि आपकी प्रतिक्रिया से उसके अहं को चोट पहुँचती है तो वह व्यक्ति आप पर गुस्सा भी हो सकता है।

यदि आप उसके अनुरोध को शिष्टता से मना कर देते हो, तब भी प्रतिक्रियाएँ आ सकती हैं। 'नहीं' शब्द से पूर्णता का इशारा हो जाता है। बहुत सारे लोग उसे सुनने को ठीक से तैयार नहीं होते, फिर इसे पूरे संतुलन के साथ स्वीकारने एवं समझने की कमी भी होती है।

ऐसे लोगों के साथ लगातार बातचीत करने के पश्चात् हम यह समझ पाते हैं कि उन्हें 'न' कहना ही मुश्किल होता है, अपितु बहुत कीमती भी हो जाता है। कभी-कभी इससे लोगों में गुस्सा भी आ जाता है और वे अपने लोगों को यह भी कहते हैं कि हम लोग दृढ़ हैं तथा मदद के लिए तैयार नहीं हैं। इससे हमारे बीच के सेतु खत्म हो जाते हैं, हमारी इज्जत खतरे में आ जाती है और हमारा कॅरियर प्रभावित हो जाता है।

क्या इस बात में कोई आश्चर्य है कि हमें लोगों को 'न' कहने में कोई परेशानी है?

अच्छी बात यह है कि किसी के लिए 'न' शब्द के प्रयोग के बिना हम उनके अनुरोध को मना कर सकते हैं। एक ही संदेश को विभिन्न प्रकार से संप्रेषित करने के विभिन्न तरीके हैं।

जैसे—आपके परिवार का सदस्य आपसे कहता है कि आप उसे एयरपोर्ट छोड़ आएँ। आप सीधे 'नहीं' कह सकते हैं और एक सही कारण भी बता सकते हैं। अगर वह आपके कारणों के प्रति संवेदनशील होगा तो वह आपकी बात समझ जाएगा।

पर मान लीजिए, अगर आप पहले के अनुभवों से यह जानते हैं कि वह संवेदनशील नहीं है। अगर वह 'नहीं' को निजी रूप से अस्वीकारता है तो वह इससे गुस्सा भी हो सकता है। इस प्रतिक्रिया से बचने के लिए आप किस प्रकार उसके अनुरोध को अस्वीकार कर सकते हैं?

इसके कुछ उदाहरण यहाँ दिए गए हैं—

"मैं अभी उस पर कोई प्रतिबद्धता नहीं दे सकता, क्योंकि मेरी प्राथमिकताएँ अभी कुछ और ही हैं।"

इस प्रतिक्रिया से परिवार के सदस्य को पता चलता है कि आप बहुत व्यस्त हैं और अपने काम से समय नहीं निकाल पा रहे हैं।

"मैं आपकी मदद करना चाहता हूँ, पर अभी मैं इस काम पर फँसा हुआ हूँ।"

इस रिस्पांस से परिवार के सदस्यों को पता चलता है कि वह आपके लिए महत्त्वपूर्ण है, पर अभी उसके साथ तालमेल न बिठा सकने के लिए आपके पास एक सही कारण है।

"इस प्रोजेक्ट को पूरा करने के लिए लोग मुझ पर आश्रित हैं। अगर मैं आपकी मदद करने के लिए इसे छोड़ दूँ तो मैं उन्हें नीचा दिखाऊँगा।"

इस रिस्पांस से यह समझ आता है कि आप उनके अनुरोधों को अस्वीकार करने के लिए दबाव में हैं। चूँकि आपकी अपनी पहले से

कुछ प्राथमिकताएँ हैं, इसलिए अधिकांश लोग आपको काम छोड़ने के लिए मना करेंगे।

क्या आपने नोटिस किया कि कैसे उपर्युक्त उदाहरणों में 'नहीं' शब्द का इस्तेमाल किस प्रकार से हुआ? कहने में यह शब्द बहुत ही कठिन है, उसी तरह 'नहीं' सुनना भी बहुत कठिन है। अलग-अलग तरीकों से लोगों के अनुरोधों को मना करने से आप सीधे तरीके से 'न' कहने से बच जाते हैं और इससे आप धीमे भी बोलने लगते हैं। इससे अनुरोधकर्ता के साथ आप किसी भी प्रकार के जबरदस्त विरोध से भी बच जाते हैं। यह एप्रोच किसी प्रकार के अनुरोध के लिए प्रभावी हो सकती है। जब आप पैसे माँगेंगे तो यह काम करेगा और यह उसी तरह होगा, जैसे आप अपना समय या श्रम समर्पित करेंगे।

□

रणनीति # 4 : बहाना बनाने से बचें

मैं इस बात को समझ सकता हूँ।

कोई आपसे मदद के लिए कहता है। आप अपना समय नहीं निकाल पा रहे हैं तो आप उसके अनुरोध को अस्वीकार कर दें। आप यह नहीं चाहते कि सामनेवाला यह न सोचे कि वह आपको बार-बार परेशान करे तो आप उसे अनेक प्रकार के बहाने बनाकर उलझा देते हैं। जैसे—

- "मैं आपको एयरपोर्ट नहीं ले जा सकता, क्योंकि मेरी कार दुकान में है।"
- "मैं कल आपको ले नहीं जा पाया, क्योंकि मेरी पीठ की मांसपेशी खिंच गई थी।"
- "मैं टॉम की रिटायरमेंट पार्टी में कोई मदद नहीं कर पाया, क्योंकि मेरे पास नकद पैसे नहीं थे।"
- "मैं आपके बच्चे की देख-रेख नहीं कर सकता, क्योंकि मुझे ऑफिस में देर तक रुकना है।"
- "मैं आज आपकी डेक बनाने में मदद नहीं कर सकता, क्योंकि मैंने अपने बच्चों से वादा किया है कि मैं उन्हें पिक्चर दिखाने ले जाऊँगा।"

आपको मेरी बात समझ आई!

जो व्यक्ति आपसे मदद माँगने के लिए आ रहा है, आप उस व्यक्ति के सामने बहाने बनाकर उन्हें बहका रहे हैं; जैसे—आपकी कार सही है, आपकी पीठ भी सही है, आपके पर्स में नकदी है और आप शाम को 5 बजे ऑफिस छोड़ने का मन बना रहे हैं तथा आपके बच्चों को यह पता ही नहीं कि आप उन्हें पिक्चर दिखाने के लिए ले जा रहे हैं।

दूसरे शब्दों में, आपने उसके अनुरोधों को ठुकराने के लिए बहुत सारे बहाने बना लिये हैं।

इस एप्रोच के साथ दो समस्याएँ हैं—पहला, आपको अनुरोधकर्ता को गलत बात बताने के कारण दुःख महसूस हो रहा है। उससे भी बुरा यह कि अनुरोधकर्ता यह समझ जाएगा कि आप उससे छल कर रहे हैं। 'रणनीति #2 : समय का इंतजार मत कीजिए' में जो हमने नोट किया था, उसे याद रखें। इसका परिणाम यह होता है कि हम हमेशा के लिए भरोसा खो देने का रिस्क उठाते हैं।

दूसरा, इससे बातचीत के दरवाजे खुल जाते हैं, जिसके लिए समय और मेहनत की जरूरत होती है। मान लीजिए, आपका पड़ोसी दोपहर में आपसे डेक बनाने में मदद माँगता है। आप उसके अनुरोध को अस्वीकार कर देते हैं, क्योंकि आप उन्हें बताते हैं कि आपने अपने बच्चों को उन्हें पिक्चर ले जाने का वादा किया है। वह आपसे यह कहता है, "कोई बात नहीं; क्या आप कल मेरी मदद कर देंगे?"

फिर आप क्या करेंगे? फिर आप एक अन्य बहाना बनाएँगे। (जैसे—'मैं मदद नहीं कर सकता, क्योंकि मुझे अपनी पत्नी को डॉक्टर के पास ले जाना है।') पर इससे आप कपटी नजर आएँगे।

आपने खुद को किनारे कर लिया है।

अच्छी बात यही होगी कि आप एक साधारण 'न' से उसके अनुरोध को अस्वीकार कर देंगे, जिससे आपको कुछ और न बोलना पड़े। यह मतलबी या अशिष्ट नहीं लगना चाहिए। इसके विपरीत, जब तक आप सभ्य हैं, सीधे तरीके से बोलने में सम्मान दिखाई देता है।

बोनस के रूप में अगर हम लगातार ऐसा करते रहेंगे तो इससे आपस में विश्वास बढ़ता रहेगा। इससे आपके लिए भविष्य में आसान हो जाएगा कि आप शिष्टता के साथ उन अनुरोधों को अस्वीकार कर सकते हैं।

□

रणनीति #5 :
अपने निर्णय पर टिके रहें

क्या आपने कभी नोटिस किया है कि जब कभी कोई आपसे आपके समय, पैसे या मेहनत के लिए कहता है तो उस समय 'मैं नहीं कर सकता' कहना कितना आसान है ? हम में से कुछ के लिए यह रिस्पांस करना वास्तव में बहुत ही आसान है। यह एक सतत प्रतिक्रिया है। किसी को 'मैं नहीं कर सकता', यह कहना इसका अर्थ जाने बिना यह कह देना कितना आसान है।

अधिकांश मामलों में हम मदद कर सकते हैं। तकनीकी रूप से मदद करना हमारे लिए संभव है। हम अपना समय लगा सकते हैं। हम पैसे भी दे सकते हैं। शारीरिक बीमारियों के बावजूद हम अपनी मेहनत दे सकते हैं। पर जब हम अनुरोध को मना कर देते हैं तो हम यह कहना पसंद करते हैं कि 'मैं नहीं कर सकता'।

इस प्रतिक्रिया से हम अपने निर्णय में स्वामित्व लेने से बचते हैं। हम अपने निर्णय के बारे में बोले बिना अपनी निजी पसंद के कारण लोगों के अनुरोध को अस्वीकार करते रहते हैं।

मेरे अनुमान से, यह लंबे समय के लिए एक हानिकारक प्रक्रिया है। अगर हम अनुरोधों को अस्वीकार करने के लिए किसी प्रकार का

स्वामित्व लेने से बचते हैं तो हम निजी रूप से अपने को कभी भी सही तरीके से स्वामित्ववाला नहीं मानेंगे। हम हर बार कहेंगे, 'मैं नहीं कर सकता'। हम अपने मस्तिष्क में किसी प्रकार के उत्तरदायित्व न लेने से बचते हैं। 'मैं नहीं कर सकता', ऐसा कहकर हम दिखाते हैं कि हम किसी बाह्य तरीके से किसी की दया पर निर्भर हैं।

समय के साथ यह हमें गलत अभिव्यक्ति देता है कि हम नियंत्रण में नहीं हैं। हम यह समझने की कोशिश करने लगते हैं कि बाह्य फैक्टर हमारी अथॉरिटी को कम करके आँक रहे हैं—हमारे निजी निर्णय वास्तव में हमारे अपने बनाने के लिए नहीं हैं।

यह सशक्त बनाने के एकदम विरुद्ध है। यह अशक्त करना है। इससे हमारे व्यवहार एवं विचार पर एक नकारात्मक मनोवैज्ञानिक प्रभाव पड़ेगा।

अच्छी खबर यह है कि अगर यह सुलभ नहीं है तो यह आसान निर्णय है। अगर आप किसी आमंत्रण को ठुकरा देते हैं, किसी प्रकार के अनुरोध को मना कर देते हैं और अपने निर्णय को एक्सप्रेस करते हैं तो यह एक निजी पसंद होगी। इसके बदले आप अनुरोधकर्ता को यह नहीं कह सकते कि 'मैं यह नहीं कर सकता हूँ'।

आप यह भी कह सकते हैं, "मैं नहीं करूँगा।"

यदि आपको ऐसा करने पर संदेह है तो उसके संभावित कारणों के बारे में बताएँ। यह सुनिश्चित करें कि आपके कारण बेहद ईमानदार हों और उनमें किसी प्रकार की कोई बहानेबाजी न हो। उससे भी महत्त्वपूर्ण बात यह है कि आप अपने निर्णय पर अडिग हों।

इस संदर्भ में प्रतिक्रिया करते हुए आप असमर्थ हैं तो यह आपकी व्यक्तिगत इच्छा और पुष्टि पर निर्भर करता है। आप बाह्य कमियों को मदद की मनाही का दोषी नहीं मान सकते। आप किस तरह से अपना समय, ऊर्जा और अन्य सीमित स्रोतों का इस्तेमाल कर रहे हैं, उसके लिए आप अपनी एक इच्छा रखते हैं।

आप जितना इसे कहेंगे, उतना अपनी इच्छा को व्यक्त करते जाएँगे और आप जितने विश्वास के साथ किसी के अनुरोध को अस्वीकार करेंगे, उससे आपकी जरूरतों और प्रतिबद्धताओं को लेकर विवाद होगा। जो लोग आपसे जितनी मदद लेंगे, आप उनसे उतना अधिक सम्मान पाएँगे।

□

रणनीति #6 : अनुरोधकर्ता को कहें कि वह बाद में फॉलोअप करे

यह किसी को लटकाने का तरीका नहीं है। हालाँकि, यह किसी अनुरोध को फिर से सोचने का एक तरीका है, जिससे आपको उस चीज के बारे में सोचने का मौका मिल जाएगा। इससे आप अनुरोधकर्ता पर उस बात की तात्कालिकता के संबंध में सोचने के लिए समय दे सकते हैं, जिसके लिए वे बार-बार अनुरोध कर रहे हैं।

जैसे—एक परेशान सहयोगी आपके ऑफिस में घुस जाता है और फिर कहता है, "मुझे इस प्रोजेक्ट में आपकी मदद चाहिए होगी।" चूँकि आप अपने ही कामों में व्यस्त होंगे तो आप उस समय उस व्यक्ति के साथ समय नहीं बिता पा रहे होंगे। पर जब आपका काम समाप्त हो जाएगा तो आप बाद में उनकी मदद कर सकते हैं।

इस कारण आपकी प्रतिक्रिया होगी—

"मेरे पास अभी आपकी मदद करने के लिए समय नहीं है। पर आप शाम के 4 बजे के बाद एक बार मुझसे फिर पूछ लें। उस समय इतनी आपा-धापी नहीं होगी।"

यह प्रतिक्रिया देकर आप अनुरोधकर्ता के सारे दबाव को समाप्त कर देंगे। आप अपनी जिम्मेदारियों को बताते हुए उसे यह बता तो पाएँगे

कि आप उसे कैसे ले पाएँगे। आप उस बारे में फिर से सोच सकते हैं, जिससे आप उसे अपना अंतिम निर्णय बना पाएँ, चाहे आप फिर अंत में यह निर्णय ले लें कि आप उसकी मदद नहीं कर सकते हैं।

इससे कम-से-कम आपकी इच्छा के बारे में भी पता चल जाएगा कि आप उसके अनुरोध को समझना चाहते हैं या नहीं। आप सीधे से उसके अनुरोध को मना तो नहीं कर रहे। इसके बदले आप यह दिखा रहे हैं कि आपको उनकी फिक्र है, आपको उसमें दिलचस्पी है और, या आप मदद करने की सोच रहे हैं।

यह याद रखें कि जब अनुरोधकर्ता आपसे फॉलोअप कर रहा है तो आप 'हाँ' कहकर कोई अहसान नहीं कर रहे। आप इस तथ्य पर जोर डाल रहे हैं, न कि उसके गुस्से को बढ़ा रहे हैं।

कभी-कभी इस एप्रोच से एक-दो रिजल्ट आ सकते हैं। इसका पहला रिजल्ट यह है कि अनुरोधकर्ता कहीं और से मदद ले सकता है। इससे सभी लोग, जो उससे जुड़े हैं, उनके लिए अच्छा होगा। आप अपने काम को अब छोड़े बिना लगातार काम कर सकते हैं। इस बीच अनुरोधकर्ता को समय-समय पर जरूरत के अनुसार मदद मिलती रहेगी।

दूसरा परिणाम यह होगा कि अनुरोधकर्ता बिना किसी मदद के अपना प्रोजेक्ट स्वयं समाप्त कर लेगा। वह व्यक्ति यह महसूस करेगा कि उसे अब जरूरत के अनुसार महारत हासिल हो गई है और उसमें अपने आप आगे बढ़ने का दृढ़ विश्वास आ जाएगा। हाँ, पर वह व्यक्ति आपसे फॉलोअप जरूर करता रहेगा। आप फिर उस समय यह निर्णय कर सकते हैं कि उन्हें 'हाँ' बोलना एक सही विचार है या नहीं। उस समय तक आपने उस अनुरोध को समझ लिया होगा और यह भी समझ आ गया होगा कि उन्हें मदद का हाथ बढ़ाकर आपके उद्देश्यों पर कोई नकारात्मक प्रभाव तो नहीं पड़ेगा!

□

रणनीति #7 : अपनी उपलब्धता के बारे में झूठ बोलने से बचें

मैं इस लालच को समझ सकता हूँ। अगर कोई आपसे कुछ करने के लिए कहता है तो आप उससे बचना चाहते हैं। एक ईमानदार व्यक्ति के रूप में आप उन्हें ज्यादा-से-ज्यादा बता देना चाहेंगे। समस्या यह है कि आपकी ईमानदारी से उन्हें बुरा लगेगा या वे बदला लेना चाहेंगे।

इसलिए आप झूठ बोलते हैं।

जैसे—अगर आप अनुरोधकर्ता से कहते हैं, "माफ करना, मैं आपको एयरपोर्ट नहीं ले जा पाऊँगा, क्योंकि मेरी डॉक्टर के साथ अपॉइंटमेंट है।" असल में आपका डॉक्टर के पास जाने का कोई प्लान नहीं है। यह बहाना आपने सिर्फ इसलिए बनाया है, क्योंकि आप उस अनुरोध से किसी तरह से बचना चाहते हैं।

यह एक छोटा और किसी को भी नुकसान नहीं पहुँचानेवाला झूठ है। आप अपने आप से कहते हैं कि ऐसा नहीं है कि आप किसी को नुकसान नहीं पहुँचा रहे हैं। अपनी मौजूदगी के बारे में झूठ बोलने से ज्यादा भी कई और झूठ हैं।

पर इसके कुछ प्रभाव पड़ते हैं। जब आप ऐसे छोटे तथा नुकसान नहीं पहुँचानेवाले झूठ बोलते हैं तो आप अपना खुद का व्यक्तित्व मिटाने लगते

हैं। आप स्वयं को डर से प्रशिक्षित करते हैं, जबकि दूसरे आपके तर्क के बारे में सोचेंगे।

जैसे कि माना कि आपका अनुरोधकर्ता को एयरपोर्ट तक ड्राइव करने से मना करने का वास्तविक कारण यह है कि आपको एयरपोर्ट तक ड्राइव करके जाना पसंद नहीं है। इसके साथ ही, आप 'टैक्सीमैन' बनना पसंद नहीं करेंगे, जिसे हर कोई अपनी जरूरत के लिए लिफ्ट के लिए वहाँ ले जाता है।

इसलिए अगली बार जब कोई आपको एयरपोर्ट ले जाना चाहता है तो नीचे लिखे किसी भी तरीके से आप उन्हें अपनी बात कह सकते हैं—

"मैं एयरपोर्ट इसलिए ड्राइव करके नहीं जाना चाहता, क्योंकि मैं फ्रीवे ट्रैफिक बरदाश्त नहीं कर सकता।"

"मैं एयरपोर्ट ड्राइव करके इसलिए नहीं जा सकता, क्योंकि गाड़ी चलाने और आने-जाने में करीब तीन घंटे लग जाते हैं।"

"पूरे हफ्ते मेरा बहुत काम रहा और आज मैंने आराम करने की सोची है। इसलिए मैं नहीं कह रहा हूँ।"

"मैं इस बात को मना करने जा रहा हूँ। मैं वह नहीं बनना चाहता, जिसे हर कोई एयरपोर्ट चलने के लिए कहे।"

असल में यह सारे रिस्पांस अशिष्ट से लग सकते हैं। पर इसके विपरीत आप सीधे जवाब दे रहे हैं, जिससे आप आदर का भाव दिखा रहे हैं। आप अनुरोधकर्ता को दिखा रहे हैं कि आपने सर्वोत्तम तरीके से अपनी बात कह दी है। आप यह विश्वास करते हैं कि वह आपकी भावनाओं का सम्मान करेगा, इस संबंध में आपकी इच्छाओं का सम्मान करेगा।

सबसे महत्त्वपूर्ण बात यह है कि आप स्वयं को ऐसे प्रशिक्षित करें कि आप अपने आप पर विश्वास कर रहे हैं। अपनी उपलब्धता के बारे झूठ बोलने और फिर ऐसा कर स्वयं को दोषी मानने की बजाय आप एक पर्सनल एजेंसी के रूप में एक मजबूत सेंस विकसित करें। आप अपने तर्कों पर विश्वास करना सीखें और फिर यह सुनिश्चित करें कि उनकी

बातों को मानना है तथा उनके अनुरोधों एवं आमंत्रण को अस्वीकार करना है।

जैसे-जैसे आप इसे आत्मविश्वास व दृढ़ता के साथ मजबूत और विकसित करते जाएँगे, फिर आपको इस बात से कम फर्क पड़ेगा कि अनुरोधकर्ता को आपके 'न' कहने पर क्या फर्क पड़ेगा! आप यह महसूस करेंगे कि जब-जब आप अनुरोध को शिष्टता, ईमानदारी और सम्मान के साथ मना करेंगे, तब अनुरोधकर्ता की प्रतिक्रिया आपकी जिम्मेदारी नहीं होगी।

□

रणनीति #8 : विकल्प ऑफर करें

कोई भी लटककर नहीं रहना चाहता है। जब आप 'नहीं' कहते हैं, तब अनुरोधकर्ता को एक अन्य विकल्प दें। ऐसा करके आप अपनी अक्षमता या बेमन होने के कारण एक हाथ आगे बढ़ाते हैं।

जैसे—मान लें कि जॉन, जो आपका सहकर्मी है, आपके ऑफिस आ जाता है और आपसे किसी प्रोजेक्ट के लिए मदद माँगता है। आप अपने काम की जिम्मेदारियों के कारण व्यस्त हैं और इसलिए सोचते हैं कि उसके ऑफर को मना कर दें। पर उसे छोड़कर और सीधा-सादा 'नहीं' कहकर आप उसे कोई अन्य विकल्प देंगे।

यह विकल्प साधारणतः दूसरों के रूप में आते हैं, जो आपकी मदद कर सकते हैं; जैसे—

"मैं इसे जॉन को पास कर दूँगा। पर तुम्हें टॉनी से पूछना चाहिए। मुझे पता है कि उसका समय कुछ गलत चल रहा है और हो सकता है, वह तुम्हारी मदद कर दे।"

"मैं तुम्हारी मदद करना चाहता हूँ; पर मैं 4 बजे तक फँसा पड़ा हूँ। अगर वह रुक नहीं सकता है तो उसे शैले के पास भेज दो। वह अभी तुम्हारी मदद कर सकता है।"

"जॉन, तुम्हारा प्रोजेक्ट कठिन लग रहा है। मैं अपने काम पर

फोकस किए हुए हूँ और उस काम को छोड़कर मैं किसी प्रकार का मोमेंटम बरबाद नहीं कर सकता। पर मुझे पता है कि मार्क और सांद्रा इस काम में घुसना चाहते हैं।'

अगर आप अनुरोधकर्ता की किसी अन्य काम या प्रोजेक्ट में मदद कर रहे हैं तो विकल्प किसी और तरह से ले रहे हो या निर्णय भी किसी तरह से लिया जाएगा। जैसे—

"मैं प्रोजेक्ट ए.बी.सी. में तुम्हारी मदद कर अपने काम में बहुत मुश्किल ही ध्यान दे पा रहा हूँ। मैं तुम्हें या तो उसी प्रोजेक्ट में मदद कर सकता हूँ या इस प्रोजेक्ट में मदद कर सकता हूँ; पर दोनों कामों में तुम्हारी मदद नहीं कर पाऊँगा। तुम किस प्रोजेक्ट में मेरी मदद चाहते हो?"

अगर अनुरोधकर्ता को मदद देने के लिए बहुत सारे काम देखने पड़ेंगे तो विकल्प के रूप में छोटे-मोटे काम हैंडल करने के बारे में सोचना। जैसे—

"जॉन, मैं तुम्हारी मदद करना चाहता हूँ, पर मेरे पास पावर पॉइंट प्रेजेंटेशन बनाने के लिए समय नहीं है। मुझे विषय-वस्तु के विशेषज्ञ को प्रशिक्षित करना होगा और टेस्ट टीम को मैनेज भी करना होगा। पर मुझे तुम्हारे लिए पावर पॉइंट प्रेजेंटेशन करने में खुशी होगी। क्या यह ठीक है?"

यह एप्रोच किसी भी प्रकार के कार्यालयी माहौल में काम नहीं करती। यह दोस्तों, परिवार के सदस्यों, पड़ोसियों, यहाँ तक कि अजनबियों के लिए काम करती है। अनुरोधकर्ता को एक विकल्प देकर आप उसे यह दिखाना चाहते हैं कि आप उसकी देखभाल करते हैं। अनुरोधकर्ता के अनुरोध को मना कर आप अनुरोधकर्ता की निराशा को कम कर देते हैं।

यह बात हमेशा दिमाग में रखें, आप अनुरोधकर्ता के विकल्प को मानने के लिए बाध्य नहीं हैं। यह एक अच्छाई का काम है,

इससे ज्यादा कुछ नहीं। पर आप जो ऑफर कर रहे हैं, उसमें अच्छा विकल्प है कि या तो आप अनुरोधकर्ता को किसी और को रेफर कर दें या उसे कम मदद करें, जिसमें दोनों ओर से आपको प्रशंसा ही मिलेगी।

□

रणनीति #9 : किसी दूसरे व्यक्ति का विकल्प दें, जो बेहतर तरीके से योग्य है

कभी-कभार आपको ऐसे अनुरोध मिलते हैं, जो अन्य व्यक्ति अच्छे से हैंडल कर सकते हैं। ऐसे अनुरोधों को मना करना दोनों पार्टियों के लिए अच्छा होता है। आप समय की बचत करते हैं और अपने प्रोजेक्ट एवं शौक पर फोकस कर सकते हैं; अनुरोधकर्ता को जरूरत के अनुसार एक विशेष मदद मिल जाती है और जिस व्यक्ति के पास आप अनुरोधकर्ता को रेफर करते हैं, उसे भी अपनी क्षमता दिखाने का अवसर मिल जाता है।

अनुरोधकर्ता को विभिन्न लोगों के पास रेफर करने के भी बहुत सारे कारण हैं; जैसे—हो सकता है कि आप यह इसलिए कर रहे हैं, क्योंकि आपको यह पता है कि किसी अन्य व्यक्ति के पास आपसे इस संबंध में ज्यादा अनुभव है।

मान लीजिए, आपका दोस्त जॉन एक उपन्यासकार है। वह आपसे अपने नए मैन्युस्क्रिप्ट के बारे में आलोचना करने के लिए कहता है। पूरी आलोचना करने में समय लगता है। ऐसा करने के लिए पेसिंग, डायलॉग, पूरी क्षमता और कहानी के अन्य मुद्दों को देखना होता है। इसलिए ऐसे में यह एक प्रकार का अवसर है, जिसमें आप जॉन को किसी और को

रेफर कर सकते हैं, जो आपसे ज्यादा सक्षम है। उदाहरण के लिए, आप उससे कह सकते हैं—

"जॉन, चूँकि मैंने कभी किसी मैन्युस्क्रिप्ट की आलोचना नहीं की है, इसलिए मैं तुम्हारे मैन्युस्क्रिप्ट की आलोचना भी नहीं कर पाऊँगा। इस तरह के काम में मेरी कोई क्षमता नहीं है। पर मेरी दोस्त सुसान को इस प्रकार के कामों को करने में आनंद आता है। मुझे पूरा भरोसा है कि वह तुम्हारी मदद करने में बहुत खुश होगी।"

यह बात ध्यान रखें कि आप उन्हें सीधे-सीधे 'न' नहीं कह रहे और जॉन को बीच में अटकाए हैं। हालाँकि, आप उनके अनुरोध को अस्वीकार कर रहे हो, पर आप उन्हें ज्यादा योग्य और महत्त्वपूर्ण स्रोत के पास रेफर कर उनकी मदद ही कर रहे हो।

इसके अलावा कुछ अन्य उदाहरण भी हैं—मान लीजिए कि आप एक मैनेजर हैं और आपका सहकर्मी स्टीफन एक खास प्रोजेक्ट पर आपसे समीक्षा चाहता है। आप उस विषय के विशेषज्ञ नहीं हैं। पर स्टीफन के लिए खुशकिस्मती की बात है कि आप किसी ऐसे व्यक्ति को जानते हैं, जो विशेषज्ञ है। अतः आप इस प्रकार से प्रतिक्रिया दे सकते हैं—

"मैं इस काम को नहीं ले सकता, क्योंकि वित्तीय मामलों में मेरी पकड़ अच्छी नहीं है। पर अकाउंटिंग मामले में टॉबी की पकड़ जबरदस्त है। उसे इसमें विश्लेषण करने के लिए कहो। उसे कहना कि मैंने तुम्हें वहाँ भेजा है।"

फिर आप स्टीफन को बिना किसी विकल्प के नहीं छोड़ रहे हो। आप उसे किसी ऐसे की ओर इंगित कर रहे हो, जो उसकी अच्छी तरह से मदद कर पाएगा। इसके साथ ही आप उस जान-पहचान को और अच्छी तरह से कर रहे हो, जहाँ आपने कहा कि टॉबी के सामने मेरा नाम ले लेना।

कभी-कभार किसी अन्य व्यक्ति के पास अनुरोधकर्ता को रेफर कर

देना एक बुद्धिमानी का काम लगता है, जो वैसे ही प्रोजेक्ट या किसी ऐसे मनपसंद काम को करता है।

जैसे—मान लें कि आपका कजन फ्रेंकलिन है और वह आपसे कहता है कि आप गोल्फिंग के लिए उसके साथ चलें। आपका गोल्फ खेलने में कोई मन नहीं है, इसलिए आप उसके आमंत्रण को अस्वीकार करना चाहते हैं। पर अपने कजन को लटकाए न रखने के लिए आप दोनों के एक दोस्त टॉम से बात करते हैं, जिसे गोल्फ से प्यार है। आप फ्रेंकलिन से निम्नलिखित चीजें कह सकते हैं—

"मुझे गोल्फ में आनंद नहीं आता है, इसलिए मैं इस अवसर को पास कर रहा हूँ। पर तुम्हें टॉम याद है न? उसे गोल्फ पसंद है। अगर वह खाली है तो वह तुम्हारे साथ लिंक्स में हिट करना पसंद करेगा।"

अनुरोधकर्ता को किसी और की तरफ रेफर करके—खासकर जो आपसे बेहतर व सक्षम है और उसके शौक अनुरोधकर्ता से मिलते हों—तो आप उसकी मदद ही कर रहे हैं; हालाँकि आप उसके अनुरोध को ठुकरा रहे हैं। बिना किसी अपराध-बोध के 'नहीं' कहने का यह सबसे अच्छा तरीका है। अनुरोधकर्ता को अन्य अच्छे पार्टनर या स्रोत की ओर भेजकर आप उसका भला ही कर रहे हैं।

□

रणनीति #10 : अपनी पहुँच की कमी के बारे में बताएँ

किसी को 'नहीं' कहने का यह मेरा सबसे मनपसंद तरीका है। इससे अनुरोधकर्ता के पास कोई विकल्प नहीं बचता कि वह मुझ पर अपने अनुरोध के कारण किसी प्रकार का कोई दबाव बनाए।

यह इस प्रकार से काम करता है—

मान लीजिए, आपके पास इतना काम और इतने प्रोजेक्ट्स हैं कि आपका पूरा दिन इसी में लग जाता है। आपको यह पहले से ही पता है, क्योंकि आपको पता है कि अपना काम पूरा करने में आपको कितना समय लगेगा।

अब मान लीजिए कि आपका दोस्त आपसे पूछता है कि आप उसे ले जाने में मदद कर देंगे? आपको यह शक होगा कि इस काम को करने में कम-से-कम तीन घंटे तो लगेंगे। आप अपने काम करने की सूची देखकर यह कह सकते हैं कि आप उस काम में किसी प्रकार से फिट नहीं हो सकते। आप अपने दोस्त के अनुरोध को अस्वीकार कर सकते हैं।

ऐसा करने में आप सरलता से कह सकते हैं, "मेरे पास आपको मदद देने के लिए थोड़ा भी समय नहीं है।" पर इससे आपका दोस्त

आपसे मोल-मोलाई कर सकता है, "चलो यार, इसमें सिर्फ एक ही घंटा लगेगा। आप सिर्फ एक घंटा निकाल सकते हैं। क्या आप ऐसा नहीं कर सकते?"

आप भी सही से प्रतिक्रिया दे सकते हैं, "एक घंटा? इसे करने में कम-से-कम तीन घंटे लगेंगे।"

उस पॉइंट पर आपका दोस्त काउंटर कर सकता है, "एक बात कहूँ। मुझे पहले एक घंटे में मदद कर दो, फिर आप मुझे छोड़ सकते हो।"

इस प्रकार यह बात चलती रहेगी।

आप इस बात को अपने दोस्त के सामने संक्षेप में इस प्रकार बता सकते हैं कि आपके पास अपने दोस्त की मदद के लिए इतना भी समय क्यों नहीं है! उदाहरण के तौर पर, आप कह सकते हैं—

"तुम्हें किसी और दिन मदद करने में मुझे खुशी होगी। आज का दिन मेरे लिए अच्छा नहीं है। मेरी समय-सारिणी देखो। मेरे पास शाम के 5 बजे तक पूरा करने के लिए दो प्रोजेक्ट्स हैं। हर प्रोजेक्ट को पूरा करने में मुझे दो घंटे लगेंगे। मेरी आज तीन बैठकें भी हैं। हर बैठक कम-से-कम 45 मिनट की होगी, और शायद उससे भी ज्यादा समय लग सकता है। इसके बाद दोपहर में मेरी कॉन्फ्रेंस कॉल भी हो सकती है, जो कम-से-कम 30 मिनट चलेगी। फिर एक समय मुझे बहुत सारी कॉल्स का जवाब भी देना होगा, कुछ इ-मेल्स का भी जवाब देना होगा और फिर, कभी जल्दी से दोपहर का भोजन भी करना होगा। आज तुम्हें मदद करने के लिए वास्तव में मेरे पास समय नहीं होगा।"

इस तरीके को प्रभावी बनाने और दोष-मुक्त बनाने के लिए आपके पास आगे पूरा दिन व्यस्त होना चाहिए। अन्य शब्दों में, ऐसा नहीं लगना चाहिए कि आप सिर्फ दिखाने के लिए अपना दिन व्यस्त किए हुए हैं।

अपनी बैंडविथ का विस्तृत रूप से वर्णन करते हुए आप अनुरोधकर्ता को यह बता रहे हैं कि आपके पास अन्य जिम्मेदारियाँ भी

हैं। उन जिम्मेदारियों को छोड़ने का विकल्प आपके पास नहीं है। इससे अनुरोधकर्ता को भी यह नहीं लगेगा कि आप उसे मना कर रहे हैं। इसके विपरीत यह स्पष्ट हो जाता है कि आप मदद का हाथ बढ़ाने के लिए तैयार नहीं हैं।

आपकी व्यस्तता को देखकर कुछ अनुरोधकर्ता फिर भी आपसे बात करना चाहेंगे या आपको मदद करने के लिए मजबूर करेंगे।

□

बोनस रणनीति #1 : दृढ़ बनें

आप जरूर ऐसे लोगों से मिलेंगे, जो उत्तर के रूप में 'नहीं' सुनना पसंद ही नहीं करते। जब आप उनके अनुरोधों को अस्वीकार कर देंगे, वे तब भी रहेंगे। वे आपको विभिन्न प्रकार के आमंत्रण देकर अपनी ओर आकर्षित करने की कोशिश करेंगे। वे भावनात्मक रूप से आपको बरगलाएँगे या आपको धमकी देकर आपके साथ चीजें ठीक करने के लिए मजबूर करेंगे।

पहले यह महसूस करें कि अन्य किस प्रकार से व्यवहार करते हैं, आपका उस पर कोई नियंत्रण नहीं होता। जब आप उसके अनुरोध को मना कर देते हैं और वह आपको मनाने की कोशिश करता है तो आप अपने आपको बताएँ कि उस व्यक्ति के समझाने से या उसके बहुत सारे विकल्पों से कुछ होने वाला नहीं है। कुछ लोग जबरदस्ती आप पर अपना जोर डालने की कोशिश करते हैं।

दूसरा, जिस समय आप अपने निर्णय पर दूसरी बार सोचते हैं, उस समय वह जोर लगानेवाला व्यक्ति यह नोटिस कर लेता है। तत्पश्चात् वह और कोशिश करने लगता है। वह व्यक्ति आपके साथ खुलने लगता है और उसका लाभ उठाने लगता है।

इन कारणों से अगर आप उसके अनुरोध को अस्वीकार करते हैं तो

यह जरूरी हो जाता है कि आप अपने निर्णय पर अडिग रहें। यह मान लें कि आपने सही कारणों से यह निर्णय लिया है, इसलिए अपने ऊपर किसी भी प्रकार का शक करने की जरूरत नहीं है।

"शेरॉन, मुझे पता है कि तुम्हें 'नहीं' सुनना पसंद नहीं है और तुम अपनी तरफ से पूरी कोशिश कर रही हो। पर मैं अपने विचार बदलनेवाला नहीं हूँ।"

इसका दूसरा विकल्प यह है कि उस व्यक्ति से ऐसे तीखे सवाल पूछो, जिससे अनुरोधकर्ता आपके अनुरोध को जस्टिफाई करे। जैसे—आप पूछ सकते हैं—

"आपने और किससे मदद के लिए पूछा था ?"

या—

"मेरे अनुभव की कमी के कारण इस काम में मदद हेतु मैं सही व्यक्ति नहीं हूँ। क्या तुमने पहले से ही कार्ल या जेनेट से पूछा है, जो हमारे रेजिडेंट एक्सपर्ट हैं ?"

कभी-कभार अनुरोधकर्ता फिर कोशिश करेगा, आपने चाहे वह बात स्पष्ट कर दी हो और आप उसके अनुरोध को सीधे अस्वीकार कर रहे हों तथा आप अपने निर्णय पर अडिग हों। फिर भी वह व्यक्ति आपके साथ मोल-तोल करने की कोशिश करेगा। मदद के लिए इनकार करने के कारण भी वह पूछ सकता है।

ऐसे मामलों में स्पष्ट बोलना सही है। किसी को इसके लिए पीछे भी करना पड़े तो परेशान न हों। जैसे—आप यह प्रतिक्रिया दे सकते हैं—

"सैम, सुनो। मैं किसी और समय तुम्हारी मदद कर दूँगा। मैं इस प्रोजेक्ट में तुम्हारी मदद नहीं करूँगा। मैं तुम्हें यह गारंटी देता हूँ कि मैं अपना विचार नहीं बदलूँगा।"

आपको इस प्रकार से जवाब देने में स्वयं को किसी भी प्रकार का दोषी नहीं समझना चाहिए। यह किसी भी प्रकार से खराब नहीं है। आप सीधे हो रहे हो, आप अनुरोधकर्ता को यह बता रहे हो कि उसकी ये

कोशिशें कि वह वापस पीछे मुड़कर सोचेगा, ऐसा सोचना ही बेकार है।

यह भी संभव है कि अनुरोधकर्ता तुम्हारे इस सीधे जवाब देने से आश्चर्य में पड़ सकता है। यह याद रखें कि इस प्रतिक्रिया से यह पता नहीं चलता कि आपका निर्णय सही है। यह सिर्फ एक प्रतिक्रिया है और किसी का इसके ऊपर कोई नियंत्रण नहीं है।

जब आप ऐसे निर्णयों को मना कर देते हैं तो अपने निर्णय पर अडिग होने का एक बोनस मजा है। जब इसे बार-बार करते हैं तो लोग धीरे-धीरे यह समझने लगते हैं कि आपको बरगलाया नहीं जा सकता, डराया नहीं जा सकता या किसी प्रकार से दबाव देकर आपका मन नहीं बदला जा सकता।

□

बोनस रणनीति #2 : विनम्र रहें

जब अनुरोधकर्ता अशिष्ट और माँगनेवाला हो जाता है तो ऐसे समय में विनम्र होना बहुत मुश्किल हो जाता है। ऐसे समय में जवाब देने का बहुत मन करता है। इससे उसको सिर्फ यह दिखाने का मन करता है कि आप किसी प्रकार के पुशओवर नहीं हैं। ऐसे में अपने आवेग को दबा पाना बहुत कठिन होता है।

पर यह भी जरूरी है कि आप अन्य लोगों को किस प्रकार से मैनेज करते हैं। अगर आप अशिष्ट हो जाते हैं या आप अपना भविष्य खराब कर सकते हैं अथवा अन्य लोगों के साथ आप अपना रिश्ता खराब कर लेते हैं।

जैसे कि अगर आपके किसी सहकर्मी ने आपसे मदद माँगी है और आप उसके साथ विनम्रतापूर्ण व्यवहार नहीं करते तो वह आपको अपरिपक्व मानेगा और ऑफिस में अन्य लोगों के साथ भी यही बात शेयर करेगा।

अगर आपके परिवार का कोई सदस्य आपको किसी पार्टी के लिए आमंत्रित करता है और आप उसे बेकार रिमार्क्स के साथ अस्वीकार कर देते हैं, तो इससे कम-से-कम उसकी भावनाओं को तो चोट पहुँचेगी ही। वह यह भी सोच सकता है कि वह इस संबंध में चार बातें लगाकर अपनी प्रतिक्रिया परिवार के अन्य व्यक्तियों के साथ बाँटेगा।

मान लीजिए कि आपका कोई दोस्त आपको कहीं चलने के लिए

कहता है। आपको इस प्रकार के अनुरोध पसंद नहीं हैं, क्योंकि उससे आपको हलके में लिया जा सकता है। आप गुस्से में प्रतिक्रिया देते हैं, अपने दोस्त को गलत तरीके से प्रतिक्रिया देते हैं और उसका अनादर करते हैं तो इससे आपकी दोस्ती में फर्क तो पड़ेगा ही (खासकर जब तक आप माफी नहीं माँग लेते)।

इसके साथ ही, आप उस समय मुखर व विनम्र भी हो सकते हैं। दूसरा व्यक्ति अनुरोधकर्ता को यह सूचित करता है कि आप अपने निर्णय पर अडिग हैं। दूसरा व्यक्ति उसे सम्मान प्रदर्शित करता है, जिससे शत्रुतापूर्ण प्रतिक्रिया की संभावना कम होती है।

इसके साथ ही, विनम्र होने से यह पता चलता है कि आप अपने नियंत्रण में हैं। आप जबरदस्ती गुस्सा नहीं होते हैं। इसके बदले आप बिजनेस की तरह प्रोफेशनलिज्म बरकरार रखते हैं, जिसमें गलती निकालना मुश्किल होता है। जैसे—आप कह सकते हैं, "मुझसे मदद माँगने के लिए धन्यवाद। आपका मुझ पर विश्वास करने के लिए धन्यवाद। पर बात यह है कि मैं दोपहर के 1.30 बजे तक काम में फँसा हुआ हूँ। क्या आप उसके बाद मुझसे फॉलोअप कर सकते हैं?"

इससे आप लोगों के बीच की टेंशन कम हो जाती है और इससे गलत प्रतिक्रियाओं की संभावनाएँ कम होती हैं। प्रशंसा के बोल बोलकर आप अपना विनीत भाव दिखा रहे हैं। अनुरोधकर्ता से बाद में पूछने के लिए कहकर, खासकर जिस समय आप मौजूद हैं, ऐसे में अपने तरीके से आप उसे मदद करने की इच्छा भी रखते हैं।

जब आप किसी को 'नहीं' कहते हैं तो विनम्रता और आग्रह साथ-साथ चलते हैं। आपको यह दिखने लगेगा कि विनम्र होकर आप लोगों को यह बताएँगे कि आप अन्य लोगों के साथ इज्जत से पेश आएँ, विनम्र हों और ध्यान रखनेवाले हों। इसके बदले ऐसा करके आप उन्हें सामने से 'नहीं' को स्वीकारने के लिए प्रेरित करेंगे।

□

बोनस रणनीति #3 : किसी चीज को खोने के डर से सामना करें

हम में से कई समय की कमी, ऊर्जा की कमी या पैसों की कमी के कारण पूरे विश्वास के साथ किसी चीज को खोने के डर से 'हाँ' कह देते हैं। हम इस संभावना के पीछे लगे होते हैं कि कहीं कोई अवसर हमारे हाथों से निकल न जाए। तब हमें पता होता है कि हमें कब 'हाँ' कहना है और कब 'ना'।

जैसे—हम किसी पार्टी का आमंत्रण तभी स्वीकारते हैं, जब हम वहाँ किसी व्यक्ति से मिलना चाहते हों। वह व्यक्ति वहाँ मिल पाएगा या नहीं, इसकी संभावनाएँ बहुत कम हैं, पर हम उस समारोह को मिस नहीं करना चाहते हैं।

या हम ऑफिस में किसी बड़े प्रोजेक्ट को करना चाहते हैं, क्योंकि उसे करके हमें आगे पदोन्नति मिलने के चांसेस होते हैं। वास्तव में मैं जो करना चाहता हूँ, वह बहुत थोड़ा है। पर हम 'हाँ' इसलिए बोल देते हैं, क्योंकि अगर वहाँ थोड़ी भी संभावनाएँ हैं तो हम उसे मिस नहीं करना चाहते।

मनोवैज्ञानिकों के अनुसार, किसी चीज को मिस करने की भावना से बहुत लोगों में परेशानी बहुत मात्रा में आ जाती है। यह एक कंपल्सिव

बिहेवियर के कारण हो सकता है; जैसे—हर मिनट में इ-मेल चेक करना और फेसबुक मैसेज चेक करना।

हम में से अधिकांश लोग कुछ हद तक फोमो से ग्रसित होते हैं। इससे पहले यह जानना जरूरी है कि जो हम जल्दबाजी में 'हाँ' कह देते हैं, वैसा कहना एक सही विचार है या नहीं।

मान लिया कि आपको अपने काम में एक नए प्रोजेक्ट को करने का अवसर मिला। आप 'हाँ' कहने के लिए इसलिए प्रेरित होते हैं, क्योंकि इससे आपका कॅरियर आगे जाएगा।

पर इस प्रोजेक्ट को करने के पीछे कई चीजें छिपी होती हैं; जैसे—इस प्रोजेक्ट को लेकर 'हाँ' कहने का अर्थ है कि अन्य लोगों को 'न' कहना, जिससे कॅरियर में उन्नति के बेहतर अवसर आ सकते हैं।

आपके पास पहले से ही जो अवसर हैं, उसको लेकर अपनी उपलब्धता को देखें। क्या आपके पास दूसरे प्रोजेक्ट को लेकर इतना समय है? अगर आपके पास समय नहीं है तो इसका अर्थ यह हुआ कि इससे आपकी मौजूदा जिम्मेदारियों पर बुरा असर पड़ेगा। अपने काम में कमजोर होना और फिर बेकार सा काम करके देने में आपके कॅरियर में किसी प्रकार की सहायता नहीं मिलती, बल्कि वह बरबाद हो सकता है।

आप पहले यह देख लें कि किसी चीज को खो देने के डर से आप जल्दबाजी में 'हाँ' कह देते हैं, जबकि आपको उस समय 'न' कहना होता है। अगर ऐसा है तो आपको स्वयं पर नियंत्रण रखना चाहिए।

ऐसा करने में समय एवं धैर्य दोनों की जरूरत होती है और इसके साथ हिम्मत भी चाहिए होती है। अगली बार जब आप जल्दी से किसी ऑफर, अनुरोध या निमंत्रण को 'हाँ' कहना चाहते हैं तो पहले रुकें। इस बात को पूरी तरह से समझने के लिए कुछ समय लें। आप इस बात के लिए 'हाँ' इसलिए कहना चाहते हैं, क्योंकि आपको आगे इससे लाभ मिलने वाला है? या आप सरलता से इसलिए 'हाँ' कहना चाहते हैं, क्योंकि आपको कोई अवसर खोने का डर है?

इस बात को मान लें कि बहुत सारे अवसर बहुत अच्छे लगते हैं, पर वे ऊर्जा और समय की बरबादी हैं। आप ये बातें अपने अनुभव से जानते हैं। जब आपके भीतर का अवसरवादी इस बात के लिए अपना सिर हिलाता है तो 'नहीं' कहने की हिम्मत रखिए, चाहे ऐसा करने से आप कुछ चीजें खो देंगे।

शुरुआत में यह करना मुश्किल है, खासकर तब, जब आप फोमो (FOMO) के साथ संघर्ष कर रहे हैं। पर सुनिश्चित रहें कि समय के साथ और लगातार चालू रहने से यह आसान हो जाता है। एक बार जब आप चीजें खो देने के डर से सफलतापूर्वक बाहर निकल आते हैं तो आपके लिए उन अनुरोधों को अस्वीकार करना बहुत आसान हो जाता है। □

बोनस रणनीति #4 :
कैटेगरी के साथ 'न' कहें

क्या आपको इसी प्रकार के अनुरोध नियमित रूप से मिलते हैं? जब आप उनके साथ मिलते हैं तो क्या पहली बार में मना कर देते हैं? इस रणनीति के साथ आप अपना बहुत सारा समय बचा लेते हैं। ऐसा करके अनुरोधकर्ता भी गुस्सा होने से बच जाएगा, क्योंकि आपके अस्वीकार करने से वह निजी रूप से बुरा नहीं मानेगा।

यह इस प्रकार से काम करता है—

मान लिया कि आपके सहकर्मी आपसे हमेशा अकाउंटिंग से संबंधित प्रोजेक्ट्स को लेकर मदद माँगते हैं। ऐसे प्रोजेक्ट आपकी जॉब की जिम्मेदारियों से बाहर आते हैं। पर आपके सहकर्मी जानते हैं कि आपने कॉलेज में अकाउंटिंग से ही डिग्री हासिल की है, इसलिए आपको वहाँ पर एक ज्ञानवान् स्रोत माना जाता होगा।

दिक्कत यह है कि सहायता के लिए जब आपसे इतनी जल्दी-जल्दी मदद माँगी जाती है, तब इन अनुरोधों के साथ-साथ सहयोग करते-करते आप अपनी जिम्मेदारियों से दूर होते चले जाते हैं।

एक बार इस समाधान की ओर निर्णय लेना ही होता है कि आप अपने सहकर्मियों के साथ अकाउंटिंग से संबंधित काम में अब कोई मदद

नहीं करेंगे। आप उनके सारे अनुरोधों को अस्वीकार करने की सोच लेते हैं। समय के साथ, जब आपके सहकर्मी आपके निर्णय के बारे में सूचित होंगे तो वे किसी और को मदद के लिए देखेंगे।

यह रणनीति आपके काम के क्षेत्र में न सिर्फ प्रभावी होगी, बल्कि यह आपकी निजी जिंदगी में भी काम करेगी। मेरे लिए इसने काम किया।

पहले के अध्याय में मेरी पिछली जिंदगी में लोगों को खुश करने की नीति को याद करें। आपको याद होगा कि अपने कॉलेज के दिनों में मैं लोगों की उनके कामों में मदद किया करता था। मेरे पास हमेशा एक चलता-फिरता ट्रक था और मैं हर अनुरोध को 'हाँ' कह देता था। इन दो कारणों से हर अनुरोध के लिए मैं उपयुक्त प्रत्याशी था।

एक निश्चित समय में, मैं थोड़ा क्रोधित हो जाता था। मुझे ऐसा विश्वास होने लगा था कि मुझे यों ही हलके में लिया जाने लगा है। इसलिए मैंने लोगों की मदद करने के आमंत्रण को स्वीकारना ही बंद कर दिया। जब मुझसे मदद माँगी जाती तो मैं साधारणतया कह देता, "मैं अब लोगों की मदद नहीं करता।"

जल्दी ही लोगों ने मुझसे पूछना बंद कर दिया। सबसे महत्त्वपूर्ण बात, मैंने अपने सच्चे दोस्त नहीं खोए, न ही किसी ने मेरा मजाक उड़ाया। मुझे फिर इस प्रकार के अनुरोध मिलने बंद हो गए।

आप दिन में कई बार इस प्रकार के अनुरोध लेने बंद भी कर सकते हैं। अपने पहले के उदाहरण पर अगर मैं वापस जाऊँ तो आपने अपने सहकर्मियों को अकाउंटिंग से संबंधित प्रोजेक्ट्स पर मदद करना जारी रखा। आपने उनके उस अनुरोध को अस्वीकार कर दिया, जहाँ उन्हें आपकी जरूरत सुबह के 9 बजे से लेकर 12 बजे तक है, जब वह समय आपका सबसे उत्पादक समय है।

या आप यह भी निश्चित करते हैं कि आप उन सारे अनुरोधों को मना कर देते हैं, जिसमें काम के हफ्ते में आपका 30 मिनट से ज्यादा का समय लगता है। जैसे—आप अपने किसी दोस्त की मदद करना चाहते

हैं, जिसे कहीं जाने के लिए कुछ डिब्बे पैक करने हैं; पर आप उनके नए घर में उन डिब्बों को ले जाने के लिए तैयार नहीं हैं, जो आपके घर से दो घंटे की दूरी पर है।

जब आप किसी एक खास कारण से उस अनुरोध को अस्वीकार कर देते हैं तो आप दूसरों से अपनी अपेक्षाओं को रिसेट करते हैं। आपके सहकर्मी, दोस्त और आपके परिवार के सदस्य धीरे-धीरे यह महसूस करने लगते हैं कि आप हमेशा ऐसे अनुरोधों को अस्वीकार करते हैं और फिर वे आपसे सहयोग लेने की अपेक्षाओं को रिसेट करने लगते हैं। आपके सहयोगी, दोस्त और परिवार के सदस्य धीरे-धीरे यह महसूस करने लगते हैं कि आप उनके अनुरोधों को अस्वीकार करते रहेंगे और फिर वे भी आपसे मदद माँगना बंद कर देंगे।

इस रणनीति के कारण 'नहीं कहने की कला' एक तरीके से स्ट्रीमलाइन हो जाती है। आपको हर अनुरोध के बारे में फिर नहीं सोचना पड़ता। अगर वह आपके डील तोड़नेवाले गुण से मिलता है (जैसे—उस अनुरोध में अगर आपके 30 मिनट से ज्यादा का समय लगता है तो आप उसे तुरंत मना कर दें), तो आप उसे अपने आप मना कर दें।

जो लोग आपसे आपका समय, ध्यान, पैसा या मेहनत माँगते हैं, वे आपके निर्णय को निजी अस्वीकृति मान लेते हैं। इसके बाद आप अनुरोधों को लेने से मना कर देते हैं, अनुरोधकर्ताओं को नहीं।

आप चाहे अपने कार्यक्षेत्र में हों या घर में और आपसे लोग लगातार अनुरोध किए जा रहे हैं, तो उस बारे में अवश्य सोचें। अगर वे आपको नीचा दिखाकर आपका बहुत सारा समय खर्च कर रहे हैं तो सबसे बुरे कर्मी को पहले कैटेगराइज करें, फिर उस पूरी कैटेगरी को रिजेक्ट करने के बारे में सोचें।

इस एप्रोच को अपनाकर, बिना किसी को दोषी माने, किसी को 'न' कहना कितना आसान होगा!

□

आप किसी अन्य की प्रतिक्रिया के लिए उत्तरदायी नहीं हैं

लोगों की खुशियों के लिए सोचनेवाले लोगों के लिए सबसे बड़ी चुनौती यह होती है कि वे दूसरों की भावनाओं के लिए खुद को जिम्मेदार मानते हैं। उन्हें यह डर लगता है कि कोई भी अनुरोधकर्ता की इच्छा या गुस्से के आगे मना नहीं कर सकता है। इस डर के कारण वे हमेशा ही दूसरों की बातों को स्वयं से ज्यादा प्राथमिकता देते हैं।

यह प्रवृत्ति बहुत सारे फैक्टर्स को जन्म देती है; जैसे—वह व्यक्ति बहुत सारे लोगों के द्वारा पसंद होना चाहता है। वह अन्य लोगों से मान्यता प्राप्त करना चाहता है और किसी बात के लिए 'हाँ' कहकर उस समस्या से जल्द से निपटारा पाया जा सकता है। लोगों को खुश करनेवालों की सेल्फ इमेज बहुत छोटी होती है और वे यह समझते हैं कि अपनी खुशी से ज्यादा महत्त्वपूर्ण दूसरों की खुशी है।

इसलिए वे 'हाँ' कहते हैं, जबकि 'न' कहना भी एक बहुत अच्छा विकल्प है।

अगर आप पूरे आत्मविश्वास और बिना किसी आत्मग्लानि के साथ 'नहीं' कहना चाहते हैं तो यह जरूरी है कि आप एक भावनात्मक सीमा अपना लीजिए। आपको दूसरों की भावनाओं के लिए नहीं सोचना चाहिए

और उनकी नकारात्मक प्रतिक्रियाओं के लिए स्वयं को दोष-मुक्त कर देना चाहिए।

जैसे ही आप इस अनुरोध को पूरी विनम्रता व आदर के साथ अस्वीकारते हैं तो अनुरोधकर्ता की गलत प्रतिक्रिया को लेकर आपको स्वयं को इसके लिए जिम्मेदार नहीं मानना चाहिए। चाहे वह व्यक्ति आपको कितना भी समझाना या आप पर यह बात थोपना चाहे, पर आप उस व्यक्ति की परेशानी और गुस्से का कारण नहीं हैं। ये भावनाएँ हालात को देखकर पैदा होती हैं और वह आपके नियंत्रण में नहीं है।

मान लीजिए कि अनुरोधकर्ता का दिन बहुत बेकार गया और आपके द्वारा उसे मदद देने से मना करने पर वह और नाराज हो गया। या तो अनुरोधकर्ता स्वयं द्वारा सही प्लानिंग नहीं किए जाने के कारण बहुत तनाव में होगा या अनुरोधकर्ता की किसी से किसी मुद्दे पर बहस हो गई होगी और उस कारण जो भावनाएँ निकलकर आ रही होंगी, उनका प्रभाव यहाँ पड़ा होगा।

अंततः आप किसी अन्य की भावनाओं के नियंत्रण में नहीं होते और उनकी प्रतिक्रियाओं के लिए अपराधी भी नहीं होते।

यह बात तो लोग कहेंगे कि किसी को जान-बूझकर दुःख देना बिल्कुल एक अलग मुद्दा है। अगर आप असभ्य व अपमानजनक हो रहे हैं तो कुछ नकारात्मक होने के साथ शत्रुतापूर्ण प्रतिक्रिया देते हैं। असभ्यता से असभ्यता ही पैदा होती है।

पर अगर आप किसी अनुरोध को मना करने में विनम्र हैं, खरे हैं और अपने काम में लगे हुए हैं तथा अनुरोधकर्ता गलत तरीके से आपसे बात कर रहा है तो उसे जाने दें। वे नकारात्मक प्रतिक्रियाएँ आपकी भावनाओं को भड़काती हैं और उसके लिए आप कुछ नहीं कर सकते।

□

आपका समय और शौक दोनों ही महत्त्वपूर्ण हैं

लोगों को खुश करनेवाले लोग अधिकांशत: अपनी जरूरतों के आगे दूसरों की जरूरतों को रखते हैं; क्योंकि उन्हें लगता है कि उनका समय, शौक, विचार और उद्‌देश्य कम जरूरी हैं। यह मैं अपने अनुभव से जानता हूँ। मैं तो ऐसा ही सोचता हूँ।

यह एक सेल्फ इमेज समस्या है।

वह व्यक्ति, जो एक नीची सेल्फ इमेज के साथ रहता है, वह यह सोचता है कि अन्य लोग उससे ज्यादा महत्त्वपूर्ण हैं। इसी प्रकार, उस व्यक्ति में अपने स्वयं के शौकों के लिए आत्मविश्वास की कमी है। इस कारण उसके लिए 'नहीं' कह पाना मुश्किल होता है।

यह जरूरी है कि आप अपने मूल्य को पहचानें। यह सिर्फ अपनी इज्जत बनाने के लिए नहीं है। अपना मूल्य पहचानने के लिए आप अन्य लोगों के साथ बराबरी में शरीक होते हैं। उस जगह तक पहुँचने के लिए आप अपने समय, शौक, विचार और उद्‌देश्य को पहचानते हैं; जैसे कि आप अन्य लोगों के लिए पहचानते हैं।

एक बार जब आप इस परिस्थिति की सच्चाई मान लेंगे, तब आपके लिए अपराध-मुक्त होकर उन अनुरोधों को मना करने में आसानी होगी।

सबसे महत्त्वपूर्ण बात यह है कि आप बिना सोचे-समझे यह करने में सक्षम होंगे, चाहे आपको अनुरोधकर्ता की स्वीकृति हो या नहीं।

जब आप स्वयं के लिए एक कीमत तय करेंगे तो आप और आत्मविश्वासी हो जाएँगे। जब आपके साथ भावनात्मक रूप से हेरा-फेरी होती है या आपको धमकाया जाता है, इससे आप अपनी बातों पर और खड़े हो पाएँगे।

□

'नहीं' बोलने का अर्थ यह नहीं कि आप एक गलत व्यक्ति हैं

क्या आपने कभी सोचा है कि किसी को 'नहीं' कहने के बाद आपने खुद को कभी दोषी माना हो? ऐसा नहीं है कि आप एक गलत व्यक्ति हैं। ऐसा इसलिए भी नहीं है कि आपने कुछ गलत किया है या अनुरोधकर्ता के अनुरोध का उल्लंघन किया हो!

यह एक जाना-पहचाना रिस्पॉन्स है, जो हमारे दिमाग में घुसा हुआ है और जिंदगी भर हमारी भावनाओं के साथ बँधा हुआ है।

जब आप छोटे थे, उस समय के बारे में सोचें। क्या आपको याद है कि उस समय 'न' कहना कितना आसान होता था? आप अन्य लोगों की भावनाओं को लेकर परेशान नहीं रहते थे। यहाँ तक कि आपको स्वयं के तौर-तरीकों से भी कोई विशेष मतलब नहीं था। अगर आपको कुछ नहीं करना हो तो आप वह कह देते थे। फिर आप इसके लिए अपने हाथ-पैर नहीं पटकते थे और कोई बहाना भी नहीं बनाते थे। फिर आप साधारणत: एक स्वर में 'न' बोलकर बात खत्म कर देते थे।

अब थोड़ा आगे बढ़ते हैं। अब आप बड़े स्कूल में हैं और आपने यह पाया कि जो लोग ताकतवर होते हैं (जैसे—आपके शिक्षक, आपके

अभिभावक आदि), उन्हें 'न' सुनना अच्छा नहीं लगता। इस प्रभाव के कारण आप फीडबैक सुनने लगते हैं।

फिर इस बात का जोर-शोर से प्रचार-प्रसार होता है।

अब और आगे चलते हैं और अब हाई स्कूल की बात करते हैं। आपके 'न' कहने के कारण आपने पिछले इतने वर्षों में कितनी बार नकारात्मक फीडबैक सुने हैं, इसलिए आप न कहने से पहले हिचकिचाते हैं। आप अनुरोध को ठुकराने के निर्णय से हिचकिचाते हैं, क्योंकि आप लोगों को गुस्सा दिलाने से डरते हैं। फिर बार-बार उस परिस्थिति से बचने के लिए आप 'हाँ' कह देते हैं।

कुछ साल और आगे चलते हैं। अब आप अपने कॅरियर पर केंद्रित हैं। जीवन के इस मोड़ पर आपने बहुत कुछ सह लिया है। अब प्रतिक्रिया देने का समय है; आपके स्वार्थ, कंजूसी और मदद न कर पाने को लेकर फीडबैक देने का वक्त है। आपको बार-बार कहा गया है कि किसी को मदद देने से मना करना सही नहीं है और अनुचित है। इस लंबे-चौड़े फीडबैक ने आपको यह सोचने के लिए मजबूर किया है कि हर बार 'न' कहना शक करने के लायक है।

इस बात में कोई आश्चर्य नहीं कि हम में से कई इस सोच के साथ जवानी में प्रवेश करते हैं कि किसी को 'न' कहने से हम गलत व्यक्ति हो जाएँगे।

पर असलियत यह है कि आपकी परिस्थितियों के मद्देनजर 'न' कहना 'हाँ' कहने से कहीं ज्यादा बेहतर है। जैसे—आपने अपने किसी दोस्त के साथ लंच करने की सोची है। आपका एक सहकर्मी आपके ऑफिस में आता है और आपसे एक प्रोजेक्ट में मदद माँगता है। समस्या तब आती है, जब उसे मदद देने के चक्कर में आपको अपनी लंच की डेट कैंसिल करनी पड़ती है या आगे बढ़ानी पड़ती है।

इस परिदृश्य में अपने सहकर्मी की बात को मना करने से आप बुरे व्यक्ति नहीं बन जाते; बल्कि ऐसा करना सही है, क्योंकि ऐसा करके

आप अपनी पहले की प्रतिबद्धता को पूरा करते हैं।

क्या आपके इस तरह मना करने पर कभी-कभार लोग उदास भी हो जाते हैं, यहाँ तक कि गुस्सा भी हो जाते हैं? क्यों नहीं! पर यह याद रखें कि आप अन्य लोगों की प्रतिक्रियाओं पर नियंत्रण नहीं रख सकते। आपसे सिर्फ यही उम्मीद की जा सकती है कि आप विनम्रता व शालीनता के साथ 'न' बोलें।

यह याद रखें कि अनुरोधकर्ता को खुश करना आपका काम नहीं है। हालाँकि उसकी प्राथमिकताओं को अस्वीकार कर देने से आपको अप्रिय व्यक्ति नहीं बनाया जा सकता। यह आपको अपने दायित्वों एवं कर्तव्यों के प्रति सचेत बनाता है और आपकी सीमित उपलब्धता में आपको समझदारी से मैनेज करने के लिए प्रोत्साहित करता है।

□

थोड़ा-थोड़ा ही सही, 'न' बोलना सीखिए

किसी को आत्मविश्वास के साथ 'नहीं' बोलना वैसा ही है, जैसे कोई नई आदत डालना। इसलिए छोटे से ही शुरुआत करनी चाहिए। शुरुआत में छोटी-छोटी जीत से लाभान्वित हों और फिर धीरे-धीरे अपनी पूरी प्रतिबद्धता के साथ स्वयं पर विश्वास करना सीखें। आप धीरे-धीरे अपने व्यक्तित्व पर मजबूती पाने लगेंगे।

किस प्रकार छोटी-छोटी 'न' से शुरू करना चाहिए? रिटेल स्टोर में अवसरों के लिए आँखें खोलकर रहिए। जैसे—क्लोथिंग स्टोर में एक क्लर्क आपसे स्टोर क्रेडिट अकाउंट में हस्ताक्षर करने के लिए कहता है और इस प्रक्रिया में 15 प्रतिशत की बचत के बारे में बताता है। चाहे और लोग उन सेविंग्स के लालच में भी आ जाएँ, पर आप विनम्रतापूर्वक उसे मना कर दीजिए।

मान लीजिए, आप स्टारबक्स की लाइन में खड़े हैं और बरिस्तावाले आपसे पूछते हैं कि आप कॉफी के साथ क्रॉसें लेना पसंद करेंगे? इस विचार को सुनते ही अगर आपको भूख भी लगने लग जाए, पर आप सामने से मना कर दीजिए।

रिटेल कर्मियों को 'न' सुनने की आदत होती है। वे हर दिन सैकड़ों

बार 'न' सुनते हैं। वे यह सुनकर परेशान नहीं होते, गुस्सा नहीं होते और अगर आपने उनकी बात नहीं सुनी या मानी तो वे बुरा भी नहीं मानते हैं। इस बीच उनसे आप मुफ्त में 'ट्रेनिंग' पा सकते हैं कि आप और स्वीकारात्मक प्रवृत्ति के हो जाएँ।

दूसरा, आप लोगों को फोन पर 'नहीं' कहने के अवसर तलाशिए; जैसे—कोई आपको फोन करता है और आपको कोई चीज बेचना चाहता है। पूरी शिष्टता के साथ उस ऑफर को मना कर दीजिए। अगर वह फिर आपसे जोर-जबरदस्ती करता है तो आप अपना निर्णय दोहराइए और उसे बता दीजिए कि आप फोन काट भी सकते हैं।

मान लीजिए, आपके पास कोई फोन कॉल आता है और कॉलर आपसे एक सर्वे में भाग लेने के लिए कहता है। आपके पास स्पष्ट होने का यह दूसरा मौका है। कॉलर को सीधे 'नहीं' कहें, उसके कॉल के लिए उसे धन्यवाद दें, उसे 'शुभ रात्रि' कहकर फोन रख दें।

इस प्रकार 'नहीं' कहकर आप कम रिस्क की परिस्थितियों में होते हैं और इससे धीरे-धीरे आप में आत्मविश्वास बनता है। धीरे-धीरे जिस प्रकार आपका आत्मविश्वास बढ़ता जाता है, आप सावधानी के साथ उच्च जोखिम उठाने लगते हैं। यह एप्रोच आपके दिमाग में घर करने लगती है। जब आपके विचारों में पूरी तरह से आत्मविश्वास आने लगता है तो आप लोगों को ठीक से 'नहीं' कहने लगते हैं, चाहे आप गुस्से में हों, पूरी कोशिश में हों और भावनात्मक रूप से बात गढ़नेवाले हों।

आगे जो आने वाला है...

हमने बहुत सारे तरीके अपना लिये हैं, जिससे हम अनुरोधों व आमंत्रणों को मना कर सकते हैं, जिससे हम आनेवाले समय में खुद को दोषी मानें। इन रणनीतियों से अनुरोधकर्ताओं को यह मदद मिलेगी कि वे आपके मना करने की बात को निजी रूप से ले सकेंगे।

'भाग-4' के 'किसी भी परिस्थिति में 'न' कैसे कहें' में हम बहुत

निकटता से देखेंगे कि कैसे विभिन्न लोग आपके जीवन पर क्या प्रभाव डालते हैं! हम इस बात पर भी चर्चा करेंगे कि कैसे हम अपने परिवारवालों को, दोस्तों को, पड़ोसियों को, बॉस को और अन्य लोगों को 'नहीं' कहें तथा इस दौरान उनका सम्मान किस प्रकार करें।

□

भाग-4 : बोनस सेक्शन

किसी भी परिस्थिति में 'न' कैसे कहें

सम्मान व शिष्टता के साथ 'न' बोलना एक बहुत महत्त्वपूर्ण और अच्छी कला है, जो आप स्वयं विकसित कर सकते हैं। पर इस जिंदगी में कुछ लोगों को कभी-कभी 'न' बोल पाना बहुत मुश्किल है।

आप अपने सहकर्मी के अनुरोध को नकार सकते हैं, पर परिवार के लोगों को आप तुरंत मदद देने के लिए तैयार हो जाते हैं।

आप अपने भीतर बिना किसी आत्मग्लानि को लिये अपने पड़ोसियों को 'न' कह सकते हैं, पर अपने दोस्तों को 'न' कह पाना बहुत मुश्किल होता है।

शायद वे आपके ग्राहक हैं, जिन्हें आप अपने बेहतर निर्णय समायोजित करने के इच्छुक हैं। हो सकता है कि वह आपका बॉस हो या हो सकता है कि किसी अजनबी को मदद करने के लिए आप मजबूर हों।

इस भाग में हम उन भागों को कवर करेंगे और चूँकि यही आपके लिए सर्वोत्तम है, अतः हम आपको सिखाएँगे कि 'न' कैसे कहते हैं।

□

अपने बृहत् परिवार को 'नहीं' किस प्रकार कहना चाहिए

बृहत् परिवार के लोग कठिन वार्त्ताकार हो सकते हैं। जब वे आपसे कुछ चाहते हैं (आपका समय, श्रम, पैसा आदि) तो वे आपसे आत्मसमर्पण कराने के लिए बहुत कुछ करा सकते हैं। मैं दावा कर सकता हूँ कि आप कम-से-कम एक रिश्तेदार के बारे में सोचिए, जो बहुत चिड़चिड़ा है और इसके साथ ही अपनी चीजों को पाने के लिए भावनात्मक रूप से परेशान करता है।

अपने बड़े से परिवार को 'न' बोलना बहुत कठिन होता है। उनकी आपके सहकर्मियों, दोस्तों और पड़ोसियों की अपेक्षा आपसे बहुत अपेक्षाएँ होती हैं। वे सोचते हैं कि आप उन्हें बताएँ कि आप उन्हें मदद देने के लिए क्या कर सकते हैं!

ये संभावनाएँ उनके वर्षों के प्रशिक्षण से बढ़ती हैं।

अपने एक कजन भाई, चाचा-चाची या दादा-नाना आदि के बारे में सोचें, जो उत्तर के रूप में किसी भी प्रकार के 'न' को नहीं लेते। जब आप उनकी बात को मना कर देते हैं तो वे जिद करते हैं। वे गुस्से में जवाब देते हैं। वे आपको आपके किए के लिए दोषी बनाने की कोशिश करते हैं।

आप ऐसे आदमी का चेहरा बनाने की कोशिश करते हैं? अब, आप यह सोचें कि आपने उन्हें जो दिया है, क्या आपने उन्हें कभी 'नहीं' बोला है, पर अंततः हताशा के कारण आत्मसमर्पण कर दिया है? जब वे आपसे ऐसा करने के लिए अनुरोध करते हैं तो क्या आप अधिकांशतः ऐसा करते हैं?

यदि ऐसा है तो आपने उस परिवार के इस सदस्य को नीचा दिखाने का प्रयास किया है। वे जानते हैं कि अगर आप अड़े हुए हैं तो आप कभी 'हाँ' भी कह देंगे। वे जानते हैं, अगर वे आपके 'न' कहने को लेकर बहुत बुरा मानते हैं तो आप उसे वह दे ही दोगे।

समाधान यह है कि आप नई उम्मीदें कायम करो। आपको वे सीमाएँ निर्धारित करनी होंगी, जिनका आदर आपके रिश्तेदारों के द्वारा किया जाएगा।

एक तरीका यह है कि ऐसे नियम बनाए जाएँ, जिनके बारे में आप मदद कर सकते हैं और आप मदद नहीं कर सकते हैं। जैसे—क्या आपका कजन आपसे कहता है कि आप नियमित रूप से काम चलाएँ? ऐसा है तो आप उसके लिए कोई नियम नहीं बनाएँ। क्या आपके अंकल आपसे बार-बार उनकी गाड़ी को ठीक करने के लिए मदद करने को कहते हैं? अगर ऐसा है तो एक 'नो ऑटो रिपेयर' रूल बनाएँ।

इसका दूसरा तरीका यह है कि ऐसे नियम बनाएँ, जब आप मदद करेंगे। जैसे—शनिवार की दोपहर में आप अपने रिश्तेदारों को मदद करने के लिए तैयार हैं। बाकी सप्ताह के अन्य दिन आपके जीवनसाथी और बच्चों के लिए सुरक्षित हैं।

आप अपने लगातार बोलनेवाले और जोड़-तोड़ करनेवाले रिश्तेदारों को मैसेज छोड़ने के लिए कह सकते हैं। जैसे—जब वे आपको मदद करने के लिए कॉल करते हैं तो उनकी कॉल वॉयस मेल में डाल दीजिए। जब वे आपको इ-मेल करते हैं तो उन्हें जवाब देने में कुछ समय लगाइए। जब वे आपको कुछ लिखें तो तुरंत जवाब देने की जल्दी मत दिखाइए।

इस तरीके से अर्जेंट अनुरोधों को तूल मत दीजिए। जैसे—अगर आपके कजन को पता है कि इस इ-मेल या कॉल का जवाब देने में आपको कुछ दिन लगेंगे, तो वह आपको बहुत कम एप्रोच करेगा और आपसे तुरंत एक्शन की उम्मीद रखेगा।

इन तरीकों से आप अपने बृहत् परिवार की अपेक्षा को रिसेट कर सकते हैं। आपके रिश्तेदार आपके लिए पहले बुरा सोच सकते हैं। उनके भीतर आपसे शत्रुता के लक्षण भी दिख सकते हैं। पर समय और लगातार लगे रहने से वे यह सीख जाएँगे कि वे जिस व्यक्ति के बारे में सोच रहे हैं, आप वह पुशबैक नहीं हैं।

□

अपने जीवनसाथी को 'न' कैसे कहें

अगर आप अपने जीवनसाथी को हमेशा 'हाँ' कहते हैं तो अचानक से 'न' कहकर ऐसा लगेगा कि आप माइनफील्ड में टिपटोइंग कर रहे हैं। किसी अनुरोध को मना करने से विवाद हो सकता है और अगर आपका जीवनसाथी आपको इस प्रकार से आज्ञा देता है तो वह जल्दी ही सीमा से बाहर जा सकता है।

एक प्यार भरे रिश्ते में एक प्रौढ़ की तरह हम अपने अनुभवों से सीखते हैं कि बहुत सारे तरीकों से 'हाँ' कहकर हम अपना प्रेम, विश्वास और अनुरोधकर्ता का विश्वास जीतते हैं। पर क्या इसका यह मतलब है कि हमें हमेशा 'हाँ' बोलना चाहिए?

चूँकि हमने पहले ही 'नहीं कहने की कला' में यह सीख लिया है तो आपको मेरा उत्तर पता है। अपने पार्टनर को 'नहीं' बोलना कभी-कभी जरूरी होता है, बल्कि वह हमारे रिश्ते में उत्पादकता भी लाता है।

चलिए, समझाते हैं।

एक अच्छे रिश्ते के लिए सबसे पहली शर्त यह होती है, चाहे उसे हम अपने दोस्तों, सहकर्मियों या रिश्तेदारों के साथ बाँटें, वह हमारी परिभाषित सीमाओं का अस्तित्व है।

बहुत सारे लोग दूसरों को अपने से दूर रखने के लिए अपनी निजी सीमाओं के बारे में सोचते हैं। यह जरूरी भी है। अपने जीवनसाथी के

साथ रिश्तों को लेकर सीमाओं का ज्यादा महत्त्व है।

सीमाओं के कारण हम अपने प्यारे लोगों को बेहतर समझ सकते हैं। वे हमें अपने जीवन साथियों और पार्टनरों को एक अलग रूप में देखते हैं, चाहे वे उनकी भावनाएँ हों, जुनून हो या उनके शौक हों। इससे हमारे अपने लोगों की जरूरतों को हम बहुत बेहतर तरीके से देख सकते हैं। वे हमें उस स्थिति तक, इसके लिए वे हमें अपराध-बोध के अहसास का उपयोग करने के लिए हतोत्साहित करते हैं, या जो हम चाहते हैं, उसे पाने के लिए हेर-फेर करते हैं।

निजी सीमाओं की यह धारणा दोनों दिशाओं की ओर काम करती है। जब आप किसी अन्य व्यक्ति के सामने अपनी सीमाएँ निर्धारित करते हैं तो अपनी निजता, अपनी नापसंद, अपने विचार और निजी प्रतिबद्धताओं की बात करते हैं। इन सीमाओं को जारी रखते हुए, अपनी सुविधाओं के अनुसार, हम एक-दूसरे को इज्जत देने के लिए प्रोत्साहित होते हैं।

सम्मान से भावनात्मक बदमाशी के उपयोग करने की इच्छा कम होती है या वे उस जोड़-तोड़ में लगे होते हैं। जब आप किसी बात के लिए 'नहीं' कहते हैं तो आपका जीवनसाथी आपकी प्रतिक्रिया को यों ही नहीं समझेगा। वह यह मान लेगा कि आपका निर्णय बहुत सोचा-समझा है और उसे सामने से स्वीकारेगा।

ऊपर लिखी हुई बातों से यह समझें कि अपने जीवनसाथी को 'न' कहने का अर्थ उसकी पसंद, नापसंद और उसकी तटस्थता को पहचानें; फिर उसकी सीमाएँ तय करें, जो उसे दरशाती हैं।

मान लीजिए, आप कार में काम करना नापसंद करते हैं। एक सीमा निर्धारित करें, जो आपकी नापसंद को हाइलाइट करती है। मान लीजिए, आपकी जीवनसाथी कहती है, आप उसकी कार को देख लीजिए, क्योंकि वह बहुत अजीब सी आवाज कर रही है। तो आप यह प्रतिक्रिया दे सकते हैं—

"तुम्हें पता है कि मुझे कार ठीक करना पसंद नहीं है, पर मुझे तुम्हें अपने साथ बाजार ले जाने में अच्छा लगेगा।"

या मान लीजिए कि आपको तेज आवाज और शोर करनेवाले कॉन्सर्ट पसंद नहीं हैं। इससे आपके कानों को दर्द होता है और आप अपनी सुरक्षा के लिए पहले सोचते हैं। मान लीजिए कि आपका जीवनसाथी आपको किसी हैवी मेटल कॉन्सर्ट में साथ चलने के लिए कहता है, तो आप इस बारे में कह सकते हैं—

"मुझे साथ चलने को कहने के लिए धन्यवाद; पर मैं साथ में नहीं जा पाऊँगी। मैं इस तरह के कॉन्सर्ट में आनंद नहीं कर पाती।"

अपने जीवनसाथी को उन स्थितियों में आप 'न' कह सकते हैं, जहाँ आप अपनी मजबूत राय रखते हैं। इसके साथ ही, जब आप अपने निश्चय के साथ काम करते हैं तो आप एक-दूसरे के लिए उस सम्मान को मजबूत करते हैं, जिससे आप दोनों एक-दूसरे को जोड़ते हैं।

□

अपने बच्चों को 'नहीं' किस प्रकार बोलें

अपने बच्चों को 'न' कहना बहुत मुश्किल होता है। उनके अभिभावक होने के नाते आप उन्हें खुश और संतुष्ट देखना चाहते हैं। आप उन्हें वे अवसर देना चाहते हैं, जिससे वे जिंदगी में नई बातें अनुभव कर सकें। इसलिए आप जितना अधिक हो सके, बहुत बार 'हाँ' बोलने लगते हैं।

बाह्य दबाव भी एक भूमिका निभाता है। हम नहीं चाहते हैं कि हमारे परिवार के लोग और दोस्त यह सोचें कि हम कठोर प्रवृत्ति के लोग हैं। सार्वजनिक तौर पर दर्शक और राहगीर यह न सोचें कि हम कोई अत्याचारी हैं या समझौता करनेवाले हैं। इसलिए जिस समय हमें 'नहीं' कहना चाहिए, उस समय हम लोग 'हाँ' कहने लगते हैं।

इस बीच, बच्चों को यह पता होता है कि उन्हें क्या मिल सकता है। बहुत लोग यह सोचते हैं कि सही प्रकार का भावनात्मक जोड़-तोड़, जो सही समय पर लागू होता है, वह एक 'नहीं' को 'हाँ' में बदल सकता है। कुछ बच्चे उसे इसे अपने लाभ के इस्तेमाल करने के लिए सीख लेते हैं।

इसका एक उदाहरण यहाँ है—

बच्चा : क्या मैं रात सारा के यहाँ बिता सकती हूँ?

अभिभावक : नहीं।

बच्चा : आप मुझे कभी भी, कुछ भी सही से नहीं करने देती हैं। कभी-कभी तो आप इतना गुस्सा कर देती हैं कि मैं चिल्लाने लगता हूँ।

अभिभावक : ठीक है। इधर-उधर की बात मत करो। तुम सारा के यहाँ रात बिता सकते हो।

यह कह देना बच्चों को सिखाता है कि 'न' कब कहना चाहिए! यह कोई अंतिम शब्द नहीं है। आपका बच्चा आपको इतने तरीके से मनाता है कि आप अपना मन बदल लें। एक बार जब इसकी संभावना बन जाए तो यह अपेक्षा कीजिए कि आपका बच्चा लगातार और अंत तक करनेवाला हो।

अपने बच्चों को 'न' कहने से उनकी सीमाओं को साफ व्यक्त किया जा सकता है। यह स्पष्ट करें कि आप उन्हें क्या अनुमति देंगे और क्या नहीं देंगे तथा अपेक्षाओं के अनुरूप आप चीजें निर्धारित करेंगे।

बच्चों के पास वह क्षमता होती है कि वे अपने अभिभावकों की कठोरता का परीक्षण करें। जब वे समझते हैं, एक साधारण 'नहीं' से या 'हो सकता है' से भी वे सीख जाते हैं। उन्हें लगता है कि उनके अभिभावक मान जाएँगे।

अगर आप अपने अभिभावक के अधिकारों का दावा करते हैं और आपके बच्चे आपके निर्णय को मानते हैं, तो आपको तैयार रहना चाहिए कि उन्हें निराश किया जाए। उनका एजेंडा कभी-कभी आपसे अलग होगा। असली कुंजी यह है कि अपने धरातल पर खड़े रहिए, अगर आपने एक निर्णय ले लिया है तो! एक 'नहीं' तब तक 'नहीं' ही रहेगा, जब तक वह अपने तरीके से आपका दिमाग न बदल दे।

पहले ही 'नहीं' से तोल-मोल करना

बहुत सारे अभिभावक बातचीत करने में ही फँस जाते हैं।

कुछ प्रकार की बातचीत सही होती हैं और उन्हें मानना भी सही

होता है। जैसे—एक बच्ची कहती है, "अगर मैं अपना काम खत्म कर लेती हूँ, अपना होम वर्क पूरा कर लेती हूँ और कुत्ते को घुमाकर ले आती हूँ, तो क्या मैं रात में सारा के घर पर रह सकती हूँ?" इस प्रकार की बातचीत दरशाती है कि बच्चे को पता है कि अपनी जिम्मेदारियों को निभाने से उसके कितने सकारात्मक प्रभाव पड़ सकते हैं।

अन्य प्रकार की बातचीत बेकार है और उसे तुरंत ही छोड़ देना चाहिए। जैसे—अगर वही बच्ची कहती है, "अगर आप मुझे सारा के यहाँ रात गुजारने नहीं देंगे तो मैं अपना काम नहीं करूँगी।" यह किसी धमकी से कम नहीं है।

अगर आप बातचीत को माननेवाले हैं तो यह जरूरी है कि आप सकारात्मक चीजें करें; जैसे—अगर आपकी बच्ची अपने काम और होम वर्क पूरा करती है तो उसे पूरी रात उसके दोस्त के यहाँ जाने दें और साथ ही उसकी अन्य चीजें एक सकारात्मक एप्रोच में पूरी करें। इससे ईमानदारी और अच्छे व्यक्तित्व को बढ़ावा मिलता है और इसके साथ ही आवेग हतोत्साहित भी होता है।

वहीं दूसरी ओर, अपने बच्चे के बुरे व्यवहार के सामने समर्पण कर देने से आपके माता-पिता होने के अधिकार को कमजोरी मिलती है। इस कारण आपके बार-बार 'नहीं' बोलने से समस्या और बढ़ जाती है।

अंत में : अपने बच्चे को 'नहीं' कहने से उसकी उम्मीदें स्थापित रहेंगी और आपके लिए एक आधार बना रहेगा। एक बार जब आपके बच्चे ने यह महसूस कर लिया कि 'नहीं' का अर्थ सिर्फ 'नहीं' है, तो आपको कम जोड़-तोड़ वाले स्वभाव का सामना करना होगा।

□

अपने दोस्तों से 'नहीं' कैसे कहें

दोस्त हमेशा एक-दूसरे की मदद करते हैं। वे हमेशा एक-दूसरे से मदद चाहते भी हैं। इसलिए यही कारण भी है कि आप अपने दोस्त के मदद के अनुरोध को मना नहीं कर पाते हैं। ऐसा करने से बहुत निराशा होती है। इससे संभवत: हमारी दोस्ती भी टूट सकती है।

इसके अलावा, यह एक-दूसरे से उम्मीद की भी बात है। अगर आपका दोस्त आपसे चाहता है कि आप 'हाँ' कहें और आपसे 'नहीं' सुनने से वह भ्रमित तो होता ही है और उसे वह अप्रिय भी लगने लगता है।

कुछ मामलों में वह उम्मीद आपके दोस्त के दिमाग में इतनी गहरी घुसी होती है कि आपकी परिस्थितियों से उसे कोई मतलब नहीं होता। आपके दोस्त का पूरा फोकस पूरी तरह से मदद करने से मना करना होता है।

चलिए, देखते हैं कि यह बातचीत कैसे चलती है—

दोस्त : क्या तुम मुझे आज दोपहर एयरपोर्ट तक छोड़ सकते हो?

आप : नहीं, मेरे पास आज समय नहीं है।

दोस्त (उदास होकर) : तुम इस बारे में गंभीर हो? अगर तुमने मुझे बोला है तो मैं तुम्हारी मदद कर दूँगा।

आप : अगर मेरे पास समय होता तो तुम्हारी मदद करने में मुझे

बहुत खुशी होती, पर आज का दिन ठीक नहीं है।

दोस्त (गुस्से में) : यह बहुत गलत बात है! अगली बार जब मदद की जरूरत पड़ेगी तो मेरे पास मत आना!

अपने दोस्त की उम्मीदों पर खरा न उतर पाने के कारण आपकी दोस्ती खत्म भी हो सकती है। आप उन पर जो भरोसा करते थे, इसके कारण भविष्य में रिश्ते और खराब तथा लड़ाई करनेवाले हो जाते हैं।

तो फिर, आप अपने दोस्तों को बिना कोई लड़ाई किए मना कैसे कर सकते हैं? आप उन्हें कारण बताए बिना कैसे मना कर सकते हैं! ऐसा करने से आपकी दोस्ती को अपूरणीय क्षति होगी।

पहले आप यह महसूस करें कि आप अपनी जिम्मेदारियों और शौक के लिए खुद ही समय निकालें। आपके समय की आपसे ज्यादा इज्जत कोई नहीं कर सकता। इसलिए आपको चौंकन्ना होना होगा, आपको स्वयं यह याद दिलाना होगा कि किसी चीज को 'हाँ' कहने के लिए आपको किसी अन्य चीज को 'नहीं' तो कहना ही होगा। अच्छा दोस्त होने का अर्थ यह नहीं है कि आपको अपने मित्रों को प्राथमिकता में रखने की बाध्यता है। इसके लिए स्वयं से अधिक किसी अन्य चीज को बाध्य नहीं किया जा सकता।

दूसरा, अपने दोस्त को 'न' कहने के लिए उससे परेशान होने तक का इंतजार मत करो। उससे अनुरोध पर अनुरोध मत करो। इससे चीजें और कड़वी हो जाएँगी और लगेगा कि उन्हें हलके में लिया जा रहा है। फिर आप गुस्से में 'नहीं' कह दोगे।

तीसरा, अपने को यह अहसास कराते रहो कि आपके मना करने पर आपके दोस्त का गुस्सा होना आपकी समस्या नहीं है। जब आप उसे शिष्टता, शालीनता और आदर के साथ मना करेंगे तो आपकी जिम्मेदारियाँ पूरी हो जाएँगी।

चौथा, अपनी सीमाएँ बनाना शुरू कर दें। जब आप 'न' कहते हैं तो आपका दोस्त आपके साथ बहुत बुरी तरह से रिएक्ट करता है।

अत: उसे किनारे ले जाओ और उससे उस संबंध में बात करो। उसे अपनी भावनाओं, सीमाओं या निजी बातों के बारे में सूचित करें। उसके साथ ईमानदार रहें। उसे समझाएँ कि दूसरों को समझाने से पहले खुद को समझाए, खासकर जब आपका काम बढ़ा है या निजी जिम्मेदारियाँ बढ़ी हुई हैं तो वह आपके लिए थका देनेवाला और आपको उदास कर सकता है।

एक सच्चा दोस्त आपकी गलतफहमियों को समझेगा और आपकी सीमाओं का सम्मान करेगा।

अपने दोस्तों को इस बारे में बढ़ावा दें कि आनेवाले समय में अगर किसी प्रकार की मदद की कोई जरूरत होगी तो वे आपके पास आएँ। आखिरकार दोस्तों की मदद करके आपस में विश्वास बढ़ता है और आप उनके साथ सबकुछ बाँटते हैं। अपने दोस्तों को समय पर मदद करना हमेशा ही काम आता है।

पर हाँ, यह बात भी साफ करें कि आप हमेशा उन्हें 'हाँ' नहीं कह पाएँगे। ऐसा भी समय आएगा, जब आपको उन्हें 'नहीं' कहना होगा। पर आप जब ऐसा करेंगे तो आप अच्छे के लिए ही करेंगे—वह कारण, जिससे आप अपने दोस्तों से अपेक्षा करते हैं और उनका सम्मान करते हैं।

□

अपने पड़ोसियों को किस प्रकार 'नहीं' बोलें

पड़ोसी हमेशा ही एक अनूठी चुनौती होते हैं। वे हमारे परिवार का हिस्सा नहीं होते, इसलिए संपूर्ण जीवन उनके साथ आपकी एक निष्ठा बनी रहती है। हालाँकि आप उनके पास रहते हैं, इसलिए हो सकता है कि आप उन्हें नियमित रूप से देख रहे हैं—वह भी हर दिन। आप दोनों के साथ चीजें खराब हों, ऐसा आप सबसे अंत में सोचेंगे।

लोगों को खुश करनेवाला क्या करेगा, खासकर तब, जब आपका पड़ोसी दबाव देनेवाला या माँग रखनेवाला हो?

मैंने ऐसी डरा देनेवाली कहानियाँ सुनी हैं, जब लोग अपने पड़ोसियों के गैराज में यों ही चीजें माँगने के लिए आ जाते हैं। यहाँ तक कि कइयों में तो इतना माद्दा होता है कि वे पड़ोसियों के घर में भी घुस जाते हैं।

मेरे भाई का एक पड़ोसी है, जो उनके घर के दरवाजे को तब तक खटखटाता और घंटी बजाता रहेगा, जब तक वह खुल नहीं जाए। वह करीब 20 मिनट या उससे भी ज्यादा समय तक यह कर देता। इससे भी खराब यह है कि वह यह ताक लगाए बैठा होता कि वह देखे कि मेरे भाई का परिवार घर पर है या नहीं, और यहाँ तक कि दरवाजे का नॉब भी

घुमाकर अंदर आने की कोशिश करता है (यह सोचकर कि यदि उसमें ताला नहीं लगा है तो वह अंदर घुस जाए)।

मैं आशा करता हूँ कि आपका वास्ता ऐसे पड़ोसियों से नहीं हुआ होगा। पर कम-से-कम ऐसा करनेवाले लोगों से यह जरूरी है कि अपनी सीमाएँ सुनिश्चित कर लें। यह सीमा बना लेने से पड़ोसियों के अनुरोध को 'नहीं' कहने में आसान हो जाएगा। सबसे महत्त्वपूर्ण बात, अपने पड़ोसियों के साथ वे रिश्ते खराब किए बिना भी आप 'नहीं' कह सकते हैं, क्योंकि आपकी सीमाएँ पहले से ही निर्धारित हैं।

मान लीजिए, आप घर से काम करते हैं (Work from home)। इस कारण आपके पड़ोसी, जो दिन भर काम करते रहते हैं, वे आपसे उनके पालतू जानवरों की देख-रेख करने के लिए कहते हैं, उन्हें खिलाने-पिलाने और उन्हें पैदल घुमाने के लिए भी कहते हैं।

हालाँकि इससे वास्तव में यह सोच परेशान करती है। आपको लगता है कि आपको हलके में लिया जा रहा है और घर से काम करने के बावजूद यह जरूरी नहीं कि आप सबके लिए अपनी उपलब्धता बनाए रखें।

फिर आप एक सीमा बनाकर रखते हैं। फिर अगली बार आपसे जब अपने पालतू जानवर को देखने के लिए कहते हैं तो आप यह कहकर मना कर देते हैं कि आपने ऐसा करना छोड़ दिया है। समय के साथ आपके शब्द पड़ोसियों को बता देंगे कि आप अपने पड़ोसियों के पालतू जानवरों के केयरटेकर नहीं हैं। अच्छे पड़ोसी आपके निर्णय का सम्मान करेंगे।

मान लीजिए, आपका एक पड़ोसी आपके घर आ जाता है और आपसे कहता है कि वह एक सप्ताह की छुट्टियों के लिए जा रहा है। वह आपसे अपने कुत्ते को खाना खिलाने और कुछ देर घुमाने के लिए कहता है। आप इस प्रकार कह सकते हैं—"जैक, तुम्हें पता है, मैं अब किसी और के पालतू जानवरों की देख-रेख नहीं करता। मैंने यह निर्णय इसलिए लिया है कि मैं अपने प्रोजेक्ट्स पर ध्यान लगा सकूँ।"

जैक निराश भी हो सकता है। वह आक्रामक भी हो सकता है और हो सकता है कि आपसे गलत भाषा का इस्तेमाल भी करे। पर यह याद रखें कि आपकी मदद से मनाही से होनेवाली प्रतिक्रिया का आपसे कुछ लेना-देना नहीं है। ऐसे मामले में जैक की आपसे बेकार की उम्मीदें हैं।

अगर आपने पहले कभी नहीं किया है तो अपने पड़ोसियों को मना कर देने से तो उनको थोड़ा बुरा जरूर लगेगा। ऐसा होना स्वाभाविक है। अंततः आप भी तो अपने पड़ोसियों की बात को मना कर उनका अपमान नहीं करना चाहते।

उसके साथ ही अपनी प्राथमिकताओं को दूसरे से ऊपर रखने पर खुद को दोषी नहीं समझना चाहिए। आप अपने समय, ऊर्जा, धन व मेहनत के स्वयं स्वामी हैं। यह आवश्यक है कि आप इन सीमित स्रोतों का न्यायपूर्वक इस्तेमाल करें तथा अपने और अपनी चीजों की देख-रेख करें। इसके लिए एक आप ही हैं, जिस पर विश्वास किया जा सकता है।

एकदम स्पष्ट रूप से अपने पड़ोसियों के साथ सीमा निर्धारित कर लें, फिर उस पर शालीनता और शिष्टता के साथ लगे रहें। समय के साथ आप 'न' कहने के लिए और सहज हो जाएँगे, जिससे आपके पड़ोसियों की उम्मीदें संरक्षित करने में मदद मिलेगी।

□

अपने सहयोगियों को 'नहीं' किस प्रकार कहें

कभी-कभी काम करनेवाली जगह प्रतियोगी बातों एवं विरोधी एजेंडा के कारण युद्ध का मैदान बन जाती है। किसी-न-किसी कारण से आपके पास लोग इसके लिए आते हैं और फिर वे आपसे बहुत सारे विषयों एवं प्रोजेक्ट्स पर मदद माँगते हैं।

समस्या यह है कि आपकी स्वयं की काम से संबंधित जिम्मेदारियाँ होती हैं और समय-सीमा एवं ऊर्जा निर्धारित होती है, जिस पर आपको काम करना होता है।

इस वातावरण में किस प्रकार से दृढ़ता के साथ 'नहीं' कहें, यह जानना है।

आप पाएँगे कि 'भाग-3 : नहीं कहने के 10 तरीके' (बिना कुछ महसूस किए) कार्यक्षेत्र में बहुत प्रभावी होंगे। जैसे—अनुरोधकर्ता को बाद में फॉलोअप करने के लिए (रणनीति #6), जिसमें सहकर्मी के अनुरोध को बहुत गंभीरता से देखा जाएगा।

उन सहकर्मियों को बताना, जो ज्यादा ज्ञानवान् हैं और वे आपसे ज्यादा सुशिक्षित हैं (रणनीति #9), आपको और अनुरोधकर्ता को लाभ पहुँचाता है। अनुरोधकर्ता को ज्यादा मूल्यवान् स्रोत मिलता है और साथ

ही आपका समय बचता है तथा आप अपने काम पर अपना ध्यान केंद्रित करते हैं।

कैटेगरी के साथ ही अनुरोध को रिंजेक्ट कर (बोनस रणनीति #4) आप अपने सहकर्मियों को 'नहीं' कहकर एक आरामवाला रास्ता देते हैं। काम के क्षेत्र में कौशल की विशेषज्ञता के अनुरूप यह चलता है।

मान लीजिए कि हम अपने समय का अधिकांश भाग काम एवं क्रियाओं पर लगाते हैं, जो विशेष श्रेणी में आता है। ये काम एवं क्रियाएँ हमारे स्पेशलाइज्ड स्किल सेट्स के अंतर्गत आती हैं। इससे आपकी उत्पादकता बढ़ती है और इससे गलतियाँ होने की कम-से-कम संभावना होती है। जब हमारे सहकर्मी हमसे प्रोजेक्ट्स के लिए मदद माँगने को आते हैं, जो हमारे स्किल सेट से बाहर की बात है, तो हम सीधे-साधे 'नहीं' बोल देते हैं।

आप जिस तरह से अपने सहकर्मियों के अनुरोध को मना कर देते हैं, वह महत्त्वपूर्ण है। इसमें कोई बहाना मत बनाइए। अनुरोधों को मना करने के लिए कारण मत खोजिए। अच्छे व शालीन बने रहें और अपने निर्णयों पर खड़े रहें।

जैसे—एक सहकर्मी आपको अपने पेट प्रोजेक्ट (Pet Project) में मदद करने के लिए कहती है। तो आप इसका जवाब इस प्रकार दे सकते हैं—

"मुझसे सहयोग माँगने के लिए धन्यवाद, शेरॉन। मुझे इस बात पर पूरा विश्वास है कि तुमने मुझ पर अपना विश्वास रखा। पर मैं अपने प्रोजेक्ट्स से ध्यान नहीं हटाना चाहता।"

या आप इस प्रकार कहते हैं—

"मैं उस क्षेत्र में अकुशल हूँ और इसलिए मैं आपकी इतनी मदद नहीं कर पाऊँगा। इसलिए मेरी तरफ से 'न' है।"

माफी माँगने की कोई जरूरत ही नहीं है। इसके साथ ही टाल-मटोल भी न करें। अपनी भावनाओं को जितना स्पष्टता के साथ हो सके, कहें। अपने निर्णय पर अडिग रहें और 'मैं नहीं कर सकता' कहने के

बदले 'मैं नहीं करता' या 'मैं नहीं कर रहा' ही कहें।

अगर आप उनके हर अनुरोध को मानना बंद कर देंगे तो आप यह पाएँगे कि आपके सहकर्मियों के मन में आपके समय के लिए बहुत इज्जत होगी। वे यह मानने लगेंगे कि जब आपके पास समय होगा, तब आप उनके साथ सहयोग करेंगे और उनके अनुरोध आपकी प्रोफेशनल जरूरतों, निजी प्रतिबद्धताओं एवं दीर्घकालिक उद्देश्यों के साथ चलेंगी।

□

अपने बॉस को किस तरह से 'नहीं' बोलें

वैसे तो आपके बॉस को आपके काम के बारे में पता है। उन्हें पता होना चाहिए कि आपके पास क्या है और आपकी सुविधा पर एक मजबूती से पकड़ होनी चाहिए। इसलिए जब भी आपका बॉस आपको नया प्रोजेक्ट देता है और नए काम सौंपता है तो उन्हें आपकी जिम्मेदारियों को प्राथमिकता देनी चाहिए।

इसी तरह से चीजें काम करती हैं।

दु:खद बात यह है कि असली दुनिया इस तरह आराम से नहीं चलती है। क्या आनेवाला घटनाक्रम उसी तरह से दिखता है ?

आप अपने ऑफिस में बैठे हैं और एक लंबी काम करनेवाली सूची लेकर बैठे हैं। आप अपने सहकर्मियों, ठेकदारों, क्लाइंट्स आदि के साथ फोन पर बात कर रहे हैं। यहाँ आप काम कर रहे होते हैं और आपके सिर के पीछे एक आवाज आती है, जो आपके इ-मेल और जवाबी फोन कॉल्स पर प्रतिक्रिया देने के लिए आपको परेशान करती है।

आप घड़ी की ओर देखते हैं और आपको यह महसूस होता है कि आपकी 15 मिनट में एक मीटिंग है। बहुत सारी मीटिंग्स में एक यह भी पहले से ही निर्धारित है। आप चुपचाप सोचते हैं कि 'मेरे कैलेंडर में कई

बैठकें हैं और मैं कुछ भी करके इसे पूरा कर सकता हूँ।'

उस समय आप अपनी मेज के इनबॉक्स पर देखते हैं। आपको तुरंत उस पर क्षोभ होता है। अपनी सर्वोत्तम कोशिश करने के बावजूद आपका इनबॉक्स बढ़ता ही जा रहा है। आप यह उस तरह से महसूस करें कि आपके अपने कार्यक्षेत्र में एक गंभीर सेंध तो लगेगी ही।

आपको लगता है कि आपका स्ट्रेस लेवल बढ़ रहा है। आपको बहुत कुछ करना है और सबकुछ करने के लिए आपके पास बहुत समय नहीं है। और सबसे बुरी बात यह है कि आपको सुरंग के अंत में कोई रोशनी नहीं दिख रही है।

अभी आप बहुत खुश हैं तो आपको अपने बॉस से एक इ-मेल मिलता है। आप आतुर होकर उसे पढ़ते हैं। वे आपसे एक अन्य प्रोजेक्ट लेने के लिए कहते हैं। आपका उत्साह ढीला पड़ जाता है, क्योंकि आपके पास न तो समय है और न ही आपकी इतनी पहुँच है। आपके पास दोपहर का भोजन करने के लिए भी समय नहीं है।

पर आप उसे 'नहीं' किस प्रकार कहें? जो बॉस आपका प्रोफेशनल टाइम कंट्रोल करता है, अपने उस बॉस को आप किस प्रकार से 'नहीं' कहें?

बहुत सारे लोग नए काम में लग जाते हैं। वे उस चक्की में इसलिए पिसते रहते हैं, क्योंकि उन्हें 'न' कहने में दुविधा होती है। उन्हें यह डर लगता है कि उनके बॉस उनका काम करना मुश्किल कर देंगे, जिससे उनके भविष्य पर नकारात्मक रूप से प्रभाव पड़ सकता है।

पर अपनी सीमाओं को संप्रेषित करने का भी एक मूल्य होता है। आप न सिर्फ अपने स्ट्रेस लेवल को मैनेज करते हैं, बल्कि आप खुद को बहुत खींचने से रोकते हैं। एक चीज, जो आप करना चाहते हैं कि आप नए प्रोजेक्ट्स लेना चाहते हैं, पर आपके पास थोड़ा भी समय नहीं है। ऐसा करने से नाकामी और निराशा हाथ लगती है।

'न' कहना बहुत ही मुश्किल होता है और बुरी खबरें देना तो हमेशा

से ही मुश्किल होता है। ऐसे कई तरीके हैं, जिनसे चीजें आसान हो जाती हैं। इसके लिए कुछ सुझाव इस प्रकार हैं—

आप जब भी अपने बॉस से बात करें तो यह स्पष्ट रहें कि आपके मौजूदा काम का भार ज्यादा है और इससे आपके उपलब्ध होने पर कमी हो सकती है। उनको यह स्पष्ट कर दें कि जब तक आपके पास पुराना काम है, तब तक आप कोई भी नया प्रोजेक्ट नहीं ले सकते। अगर आपके पास पहले से ही पेंडिंग डेडलाइंस हैं तो पहले उनके बारे में बताएँ।

दूसरा, नए प्रोजेक्ट के बारे में प्रश्न पूछें। आपका काम कब खत्म होने वाला है? इसमें किस चीज की जरूरत है? इसमें किन गुणों की जरूरत है? क्या इस काम में शामिल करने के लिए आपको प्रतिभागियों की आवश्यकता होगी?

तीसरा, अपने बॉस से अपने काम को फिर से प्राथमिकता देने के बारे में कहें। उन्हें मौजूदा प्रोजेक्ट को आगे कुछ दिनों तक स्थगित करने के लिए कहें, जिससे आप नए प्रोजेक्ट में अपना समय और अपना ध्यान दे सकेंगे।

चौथा, अगर आपके नए प्रोजेक्ट और काम को फिर से रिशिड्यूल नहीं किया जा सकता तो फिर यह पूछ लें कि नया प्रोजेक्ट आगे के लिए स्थगित नहीं हो सकता? आप अपने बॉस से कह सकते हैं कि अपने मौजूदा समय में काम समाप्त करने के बाद आपके पास अभी पाँच दिनों का समय और है।

आप अपने बॉस से 'नहीं' शब्द का इस्तेमाल किए बिना 'नहीं' कह सकते हैं। वैसे तो ऐसा कहना एक स्मार्ट तरीका है, क्योंकि सीधे 'नहीं' कहने से नकारात्मक प्रभाव पड़ता है। इससे भी ज्यादा महत्त्वपूर्ण बिंदु यह है कि आप अपनी सीमाओं को संप्रेषित करते हैं और वैकल्पिक समाधान देते हैं, जिससे आपका बॉस यह देखेगा कि उसे क्या चाहिए?

□

अपने क्लाइंट को 'नहीं' किस प्रकार कहें

कुछ क्लाइंट्स के साथ काम करना एक सपना होता है। वे अपनी जरूरतों के लिए बोलनेवाले होते हैं, अपने काम को एक टाइम फ्रेम में संपादित करते हैं; साथ ही, उन्होंने जिस व्यक्ति को काम पर रखा है, वह इस प्रक्रिया के अनुसार काम करे। इसके साथ ही, वे आपके बिल भी सही समय पर भरते रहते हैं।

इसके बाद कुछ अलग-अलग क्लाइंट्स होते हैं। ये क्लाइंट्स आपको मजबूर करते हैं कि आप मन-मरजी डेडलाइन में काम पूरा करके दें। वे नियमित रूप से आपसे माँग करते हैं कि आप अपनी संधि या कॉण्ट्रेक्ट से बाहर जाकर अपने कर्तव्यों का निर्वहण करें। फिर वे आपके काम को इस प्रकार माइक्रोमैनेज करते हैं कि उन्होंने आपको जो भी काम दिया है, आप उस प्रोजेक्ट पर लगे रहें।

बाद के किसी ग्रुप को 'नहीं' कहना बहुत सरल होता है। आपके उन क्लाइंट्स को प्रोजेक्ट्स के लिए मना करना बहुत ही अपमानजनक है और उस बारे में अस्तित्व की माँग करना भी बहुत गलत है। वे आपका इतना सारा काम करते हैं और उस काम को खत्म करने में लगे आपके प्रयासों के लिए आप बहुत कम भरपाई देते हैं।

पर जब आप उनके अनुरोध को अस्वीकार कर रहे हो तो कभी-कभी बड़े क्लाइंट्स आपसे अनुरोध करते रहते हैं। जैसे—आपके पास किसी प्रोजेक्ट को करने के लिए संसाधनों की कमी है। अगर आपको उस प्रोजेक्ट के लिए अपनी सहमति देनी है तो आपको स्वयं उसकी असफलता के लिए तैयार रहना पड़ेगा। यहाँ तक कि उस काम में लगनेवाले समय और कोशिशों के लिए बहुत सारी भरपाई देनी पड़ेगी। हालाँकि यह एक बहुत अच्छा प्रोजेक्ट है, पर आपने तो वह समय घूमने के लिए रखा है, जो आपकी मौजूदगी को सीमित करता है।

महत्त्वपूर्ण बिंदु यह है कि अपने क्लाइंट को 'नहीं' कहने के कुछ कारण होने चाहिए, चाहे उनके साथ आप काम करना कितना ही पसंद करते हों। पर ऐसा करना बहुत मुश्किल भरा हो सकता है। आप उन्हें उदास नहीं करना चाहते या उनकी भावनाओं को ठेस नहीं पहुँचाना चाहते; आप उस रिश्ते को नुकसान नहीं पहुँचाना चाहते। इसके साथ ही, आप उनके साथ के अपने व्यवसाय को भी खोना नहीं चाहते।

तो फिर आप किस प्रकार अपने ग्राहकों को 'नहीं' कहना चाहते हैं, जिससे यह सुनिश्चित हो सके कि वे आपके निर्णय की कद्र करते हैं?

पहले, यह देखें कि क्लाइंट के किसी प्रोजेक्ट को मना करने से आपकी सेवाओं या प्रोफेशनलिज्म पर तो कोई नकारात्मक प्रभाव नहीं पड़ेगा! इसके साथ ही, आप यह भी देखें कि आपको अपनी सीमाएँ पता हैं और आपको यह बात बहुत अच्छी तरह से पता है कि आपको अपना बिजनेस किस प्रकार से चलाना है।

दूसरा, उनके अनुरोध को अस्वीकार करने के लिए एक उचित कारण भी बताएँ। जैसे आप कह सकते हैं—

"मैं इस प्रोजेक्ट को इसलिए नहीं लेना चाहता, क्योंकि मेरे पास आपका काम करने के लिए कोई अच्छे स्रोत नहीं हैं।"

या आप यह कह सकते हैं—

"मैं अगले महीने छुट्टी पर जा रहा हूँ, इसलिए मेरे पास आपका काम करने के लिए समय नहीं होगा।"

कारणों से आपके निर्णय को स्पष्टता मिलती है। एक क्लाइंट, जो यह समझता है कि आप उसका अनुरोध क्यों अस्वीकार कर रहे हैं, वह आपको ऐसा करने के लिए माफ कर रहा है।

तीसरा, एक विकल्प तैयार करें; जैसे—आपकी अनुपलब्धता आपको किसी प्रोजेक्ट को लेने से रोक रही है तो उन्हें एक डेडलाइन दें, जिससे आप अपना काम खत्म कर सकें। या आपके पास उस काम को खत्म करने के लिए उस स्किल की कमी है तो अपने उस क्लाइंट को ऐसे आदमी के पास रेफर कर दीजिए, जिस पर आप यकीन करते हों और जिसके पास जरूरी स्किल्स हों। अगर आपके मन में उस प्रोजेक्ट को लेकर कुछ नहीं है तो एक योग्य व्यक्ति के बारे में बताएँ, जो उस काम को आगे ले जा सके।

अपने ग्राहकों को 'नहीं' कहने में आनंद आता है। ऐसा तब और है, जब आप उन्हें पसंद करते हैं और उनके साथ काम करने में आपको आनंद आता है। पर अपनी परिस्थितियों को ध्यान में रखकर 'नहीं' कहना ही सर्वोत्तम विकल्प है। जब तक आप बात करनेवाले हैं, आदर देनेवाले हैं, आप यह सब किसी रिश्ते को नुकसान पहुँचाए बिना कर सकते हैं। एक बोनस के रूप में आप उनके मन में एक उम्मीद रख रहे हैं कि आप कभी-कभार 'नहीं' बोल देंगे।

□

अजनबियों को किस प्रकार 'नहीं' कहें

हम में से कुछ के लिए अजनबियों को 'नहीं' कहना बहुत आसान होता है। हमारा उनके साथ कोई निजी संबंध नहीं होता, न ही हम उनके लिए कोई निष्ठा या दायित्व महसूस करते हैं। इसलिए जब आपके पास एक अजनबी का अनुरोध आता है तो हम सामने से मना कर सकते हैं, और यह करना बहुत आसान है।

अन्य लोगों के लिए अजनबियों को किसी बात के लिए मना करना उतना ही मुश्किल है, जितना अपने दोस्तों और घर के सदस्यों की बात को मना करना। किसी को मदद करने के लिए मना करना—खासकर उस व्यक्ति को, जिन्हें वे नहीं जानते, उसे मना करके वे स्वयं को दोषी महसूस करते हैं।

अगर आप दूसरे कैंप में जाते हैं तो अजनबियों को बिना किसी अपराध-बोध के 'नहीं' कहिए। मैं आपको तीन चीजें करने के लिए कहूँगा—

पहला, यह देखिए कि अजनबियों के मामले में आपके दायित्व कहाँ तक हैं? आपको उसका आत्मविश्लेषण करना चाहिए और अपने मूल्यों एवं विश्वास को ध्यान में रखना चाहिए। यह ध्यान रखना चाहिए कि यह एक निजी मामला है। बिना किसी कारण के आप अन्य व्यक्ति से अलग महसूस करेंगे।

जैसे—बहुत सारे लोग भिखारियों को पैसा देना अपना दायित्व

समझते हैं। अन्य लोग यह समझते हैं कि ऐसा करना नैतिक रूप से प्रश्न करने योग्य है। भिखारियों को 'नहीं' कहना आपकी क्षमता पर निर्भर करता है, खासकर जब आप अपने मुद्दे पर अडिग रहते हैं।

इसका लक्ष्य अन्य के मानकों के अनुरूप नहीं है। यह याद रखिए कि आपको अन्य व्यक्तियों की सहमति की जरूरत नहीं है। हालाँकि, लक्ष्य यह होना चाहिए कि आप अपने मानक खुद पहचानें और अपने निर्णय इस प्रकार रखें कि आप उसके साथ चल सकें। अगर आपको लगता है कि भिखारियों को पैसा देना गलत है, तो आप सहजता से 'नहीं' बोल सकते हैं, क्योंकि तटस्थता के साथ 'नहीं' बोलने में कोई दिक्कत नहीं आती।

दूसरा, इस बात को कहने में न घबराएँ कि आप अनजान व्यक्ति के अनुरोध करने से सहज नहीं हैं; जैसे—आप किसी पार्क में आराम से टहल रहे हैं। आपके पास एक अनजान आदमी आता है और वह आपसे उसके कुत्ते को 30 मिनट देखने के लिए कहता है, जबकि वह कोई काम करनेवाला है। तो आप कह सकते हैं—

"मैं आपको या आपके कुत्ते को नहीं जानता हूँ। मैं उसे देखने में असहज हूँ, क्योंकि अगर उसने किसी को काट लिया तो उसकी जिम्मेदारी मेरे सिर पर आ जाएगी।"

तीसरा, बोनस रणनीति #4 : कैटेगरी के साथ 'न' कहें। एक नियम बना लें, जो आपको कुछ गतिविधियों में भाग लेने से रोकता है। अगर एक अजनबी आपसे मदद की गुहार लगाता है और आपकी रजामंदी इस नियम को तोड़ती है तो आप 'न' बोल दें और अपने कारण बता दें।

मान लीजिए, आप स्टारबक्स के पास एक कप चाय या कॉफी पीने के लिए रुक गए हैं। अब आप उस जगह से निकलने वाले हैं और अपनी गाड़ी की ओर बढ़ रहे हैं, तभी आपको किसी अजनबी ने रोका। वह आपसे कहता है कि आप उसे ट्रेन के स्टेशन तक छोड़ दें। अगर आपने उसके अनुरोध को पहले से मना कर रखा है तो आपके लिए 'न'

कहना बहुत आसान हो जाएगा।

"मेरा एक नियम है कि मैं अनजान लोगों को नहीं घुमाता हूँ।"

बस इसी चीज की जरूरत है। अगर अनुरोधकर्ता आपको सहमति से राजी करने की कोशिश करता है (जैसे—अरे, बहुत विश्वासी व्यक्ति हूँ) तो अपने नियम पर अड़े रहिए और अपने निर्णय पर अडिग रहिए।

ऊपर लिखी गई किसी बात का यह मतलब नहीं है कि आप अजनबियों से दूरी बनाए रखें। आप सुनिश्चित रहें कि अनजान लोगों के लिए अच्छे काम करने में आनंद आता है। पर अपनी सुरक्षा, निजी चीजों के लिए या संसाधनों की कमी के कारण 'न' बोलना एक अच्छा रिस्पांस है।

□

स्वयं को 'नहीं' कैसे कहें

एक विशेष समय में हम उन चीजों के प्रलोभन में होते हैं, जिससे हमारा समय, पैसा, मेहनत और अन्य स्रोत खर्च होते हैं। ऐसे प्रलोभन हमें अपने उद्देश्य से दूर ले जाते हैं। उनका विरोध करने में सक्षम होने से खुद को 'नहीं' बोलना एक स्वस्थ और पुरस्कृत जीवन जीने की कुंजी है।

उदाहरण के तौर पर, आप कुछ किलो वजन घटाना चाहते हैं। आप खुद को जंक फूड से दूर रखते हैं, जिससे कि आप अपने उद्देश्य को पूरा कर पाएँ। आपके इस लक्ष्य को याद न करते हुए कि आपने जंक फूड खाने से स्वयं को रोक रखा है, वह अपने ऑफिस में डोनट्स लाता है।

आपके पास दो विकल्प हैं—

1. स्वयं को 'नहीं' बोलें और अपने उद्देश्य से जुड़े रहें।
2. उस प्रलोभन का हिस्सा बनें और खा जाएँ।

या आपके पास काम करने की एक ऐसी लंबी सूची है, जो आपका पूरा समय ले रही है। आपको अपना पूरा घर साफ करना है और धूल हटानी है, बहुत सारे कपड़े धोने हैं और रसोई एवं बाथरूम भी साफ करना है। इन सबके अलावा आपका एक दोस्त आपको फोन करके अपने घर में आमंत्रित करता है और सारा समय उसके घर में बिताने के लिए कहता है।

फिर से आपकी पसंद स्पष्ट होनी चाहिए—

1. अपने आप को 'न' कहें और अपने काम को पूरा करने में लगे रहें।
2. प्रलोभनों के आगे नतमस्तक हो जाएँ और अपने काम छोड़ दें।

किसी चीज पर ध्यान केंद्रित करने के लिए आराम करने के प्रलोभन का विरोध करना महत्त्वपूर्ण है, क्योंकि आप अपने लक्ष्य के प्रति प्रतिबद्ध हैं। प्रश्न यह है कि हम इसे कैसे प्रभावी रूप से कर सकते हैं? हम अपने आप को 'न' किस प्रकार कह सकते हैं, जब हम देना चाहते हैं और 'हाँ' कहना चाहते हैं?

इसके लिए एक विकल्प है, जो मेरे लिए काम करता है। वह बात है, 'मैं नहीं करूँगा।' इस वक्तव्य का यह एक निर्धारण है कि आप वह नहीं करेंगे।

जैसे—जब आपको डोनट्स ऑफर किया जाएगा, आप कहेंगे, "मैं डोनट्स नहीं खाऊँगा।" आपको अपने दोस्त के घर बुलाया जाता है और आपको अभी कुछ काम करने बाकी हैं। आप उनसे कह सकते हैं, "मैं अपने काम को अधूरा नहीं छोड़ सकता। क्या हम यह बैठक कल कर सकते हैं?"

आप उन सारी परिस्थितियों के बारे में सोचें, जहाँ आपको प्रलोभन मिलेंगे और आप किस प्रकार उन्हें 'न' कहेंगे। यह 'मैं नहीं' वाला स्टेटमेंट आपको 'न' कहने में मदद करेगा। इसके कुछ उदाहरण इस प्रकार हैं—

प्रलोभन : हर दिन जिम जाना बंद कर दो।

मैं रिस्पांस नहीं करता : मैं जिम जाना बंद नहीं करता।

प्रलोभन : बहुत ज्यादा कीमती और तुच्छ चीजें खरीदें।

मैं रिस्पांस नहीं करता : मैं फालतू चीजों पर पैसा खर्च नहीं करता।

प्रलोभन : किसी सहकर्मी के बारे में बात करते हैं।

मैं रिस्पांस नहीं करता : मैं बातें नहीं करता।

प्रलोभन : काम करते समय नेटफ्लिक्स देखते हैं।

मैं रिस्पांस नहीं करता : काम करते समय मैं इधर-उधर नहीं भटकता।

जब आप प्रलोभनों के शिकार होते हैं तो आप अपने अधीन हो जाते हैं। वह अल्पकालीन संतुष्टि उस दीर्घकालीन पूर्ति की कीमत पर आती है।

जब आप प्रलोभनों पर लगाम लगा लेते हैं और साथ ही यह वक्तव्य कहने लगते हैं कि 'मैं नहीं···' तो आप उन चीजों के साथ अपने जीवन के कर्णधार हो जाते हैं।

□

'नहीं' कहने की कला के संबंध में अंतिम विचार

'हाँ' कहने के प्रभाव के बारे में याद रखना जरूरी है। जब आप अन्य व्यक्ति के अनुरोध को सहमति देने लगते हैं और अपने से ऊपर उन्हें प्राथमिकताएँ देने लगते हैं तो आप महत्त्वपूर्ण स्रोतों पर अपना नियंत्रण खोने लगते हैं, खासकर अपने समय पर। एक बार जब आप वह स्रोत गँवा देते हैं तो उन्हें पुनः प्राप्त नहीं कर सकते।

हम यह सोचते हैं कि अधिकांश अनुरोधों पर हमारी ओर से छोटी सी प्रतिबद्धता की जरूरत होती है। पर कभी-कभी वह भी सही बात नहीं होती। वह अनुरोध, जिसमें थोड़े से मिनट लेने की बात हुई थी, उसमें करीब आधा घंटा लग जाता है। एक फेवर, जिसमें सिर्फ एक घंटे देने का वादा हुआ था, वह करीब आधा दिन लेने लगता है।

हालाँकि बहुत सारे छोटे अनुरोध पर्याप्त हो सकते हैं। बहुत सारे लोगों को 'हाँ' बोल देने से आपका उत्पादक समय नष्ट हो सकता है।

सारे समय 'नहीं कहने की कला' में मैंने आपको बताया है कि किसी भी प्रकार से अनुरोधों, आमंत्रणों, अहसानों को बिना कुछ दोषी महसूस हुए, जो आपकी सीमाओं पर आक्रमण करता है, उसे ठुकरा दें। वे रणनीतियाँ, जिनमें 'नहीं' शब्द सुनने के बाद हमें निराशा हुई और

जिन्हें हमने कवर किया है, वह भी अनुरोधकर्ता की रणनीति को कम कर देती है।

पर इसका अर्थ यह नहीं है कि 'न' कहना आसान है, खासकर शुरुआत से। आत्मविश्वास के साथ ऐसा करना अपनी मांसपेशी का इस्तेमाल करने जैसा है। आपको इसे मजबूत बनाने के लिए मांसपेशी का इस्तेमाल करना ही होगा।

इसलिए मैं आपको प्रोत्साहित करता हूँ कि 'नहीं कहने की कला' को तुरंत शुरू करने के लिए अपनी रणनीतियाँ अपनाएँ। पहले छोटे से शुरुआत करें और लो रिस्क स्थितियाँ देखें; जैसे—रेस्तराँ में खाना परोसनेवाले को कहें, "नहीं, मुझे मीठा पसंद नहीं है। धन्यवाद।" फिर धीरे-धीरे हाई रिस्क की स्थितियों में यह रणनीति तय करें।

समय और प्रयोग के साथ आप स्वयं को बहुत मुखर पाएँगे। आपके लिए 'न' कहना बहुत आसान हो जाएगा, क्योंकि आप पूरी तटस्थता के साथ अपने पर विश्वास करने लगेंगे। एक बोनस के रूप में आप यह पाएँगे कि आपके दोस्त, परिवार के सदस्य, साथ में काम करनेवाले और पड़ोसी आपके साथ, समय एवं निर्णय का सम्मान करने लगेंगे।

□

क्या आपको ' 'न' कहने की कला' पुस्तक को पढ़ने में आनंद आया?

'न कहने की कला' पुस्तक को पढ़ने के लिए आपका धन्यवाद। मैंने यह महसूस किया कि अपना समय बिताने के लिए बहुत सारे तरीके हैं। मुझे बहुत प्रसन्नता है कि आपने अपना कुछ समय मेरे साथ बिताया।

अगर आपको 'नहीं कहने की कला' पुस्तक को पढ़कर आनंद आया तो क्या मेरे ऊपर एक अहसान करेंगे? क्या आप अमेजन पर इसके लिए एक रिव्यू लिखेंगे?

विदा लेने से पहले मैं एक अंतिम बात कहना चाहता हूँ (अभी के लिए)। मैं अगले बारह महीनों में बहुत सारी पुस्तकें लिखना चाहता हूँ। मैं उनमें से हर कोई विशेष छूट के साथ एक-एक कर रिलीज करना चाहता हूँ। आप में से हर कोई उसे 1 डॉलर से कम राशि में ले सकते हैं।

जब ये पुस्तकें रिलीज होंगी, तब आप चाहेंगे कि आपको इस बारे में पता चले और पुस्तक के मूल्य का लाभ उठाएँ। इसके लिए आप मेरी मेलिंग लिस्ट में जरूर शामिल हो जाएँ। आपको मेरी 40 पेज वाली पीडीएफ इ-बुक 'कैटेपुल्ट योर प्रोडक्टिविटी : द टॉप 10 हैबिट्स यू मस्ट डेवलप टु गेट मोर थिंग्स डन' मिल जाएगी।

आप मेरी लिस्ट में नीचे लिखे लिंक पर क्लिक कर शामिल हो सकते हैं—

http://artofproductivity.com/free-gift/

मैं आपको इ-मेल न्यूजलेटर के जरिए प्रोडक्टिविटी और समय-प्रबंधन के सर्वोत्तम तरीकों के टिप्स भेजूँगा। आपको टाल-मटोल से बचने, सुबह के रुटीन, किसी काम को खराब होने से बचाना, बहुत तेज फोकस विकसित करना और अन्य बहुत सारे उत्पादक हैक्स भेजूँगा।

अगर आपके पास कुछ प्रश्न हैं या आप कोई प्रोडक्टिविटी टिप्स भेजना चाहते हैं, जिससे आपकी जिंदगी में कोई अंतर आया है, तो उसके लिए बेहिचक आप मुझे मेल लिख सकते हैं। मेरा इ-मेल पता है—damon@artofproductivity.com. मुझे इस बारे में सुनकर बहुत अच्छा लगेगा।

अगली बार तक के लिए,

—डेमन जहारियाडेस

http://artofproductivity.com

□□□

अनुवादिका

शिप्रा शर्मा लेखन और अनुवाद के क्षेत्र में लगभग 20 वर्षों से सक्रिय हैं; अनेक भाषाओं की जानकार। 20 पुस्तकों का अनुवाद; अधिकांश प्रभात प्रकाशन के लिए, जिनमें से कुछ को अमेजन पर नंबर 1 स्थान मिला है। रक्षा मंत्रालय में हिंदी सोशल मीडिया एक्जीक्यूटिव के रूप में कार्य करने का दो वर्षों का अनुभव।